Chiara Tramontano

Non smetterò mai di cercarti

Ogni parola è un passo verso di te, Giulia

Testi a cura di Gabriele Parpiglia

CAIRO

ISBN 978-88-309-0486-6
Prima edizione: maggio 2025

Sommario

Prefazione	11
1. Boccadasse, 28 maggio 2023	17
Il tramonto a Boccadasse	17
Il messaggio che cambia tutto	20
Primi sospetti e chiamate	22
2. Le ore di attesa	29
Napoli-Milano: sola andata	29
Una decisione difficile	31
Notte infinita e Chi l'ha visto?	33
Rita: una cugina, una terza sorella	36
29 maggio: in caserma Senago	39
La casa di via Novella, i primi indizi	43
Un garage, una menzogna	47
Ricerche e famiglia	50
3. Dai giorni della speranza al momento della verità	54
Paura, ricerche, segnalazioni, speranza	54
La mattina del 31 maggio	58

31 maggio: pomeriggio 61
Non far vedere le crepe 66
Una terribile coincidenza 70
Una realtà insopportabile 74
Il caffè più amaro della mia vita 79

4. La bolla di Genova 84
La fuga da Milano 84
I giorni del silenzio 89
Il ritorno a Napoli di Giulia e Thiago 92

5. L'ultimo viaggio 98
A casa 98
La bara in legno d'acero 100
La lettera d'addio 103

6. Due sorelle, due mondi 109
L'infanzia condivisa e le differenze caratteriali 109
La competizione adolescenziale 112
Conflitti e solidarietà 116

7. I sogni di Giulia 119
L'università o i sogni? 119
L'accademia del turismo 122
Il trasferimento a Como 125
La vita a Milano, l'indipendenza 128

8. Gli ultimi mesi 133
La telefonata in Finlandia 133
Crepe 139

9. Il filo invisibile, segni di una presenza 146
Il dubbio eterno 146
Il costo della giustizia 150
La sentenza 171
Lasciare andare 175
Senza risposta 180
Vivere dopo Giulia 183
Il filo invisibile 193

10. Lettera a Giulia, eredità d'amore 197

Ringraziamenti 203

NON SMETTERÒ MAI DI CERCARTI

A mia nipote, Giulia Tramontano,
filo che unisce memoria e futuro

Prefazione

Cara Giulia,

ti scrivo a bordo di un treno diretto ad Amsterdam, in una giornata grigia e umida in cui l'autunno sta riprendendosi tutte le foglie dagli alberi. Un prestito a breve termine che, tuttavia, consente all'Olanda di splendere di miliardi di colori d'estate.

In questo treno inizia la storia delle prossime pagine, la creazione di un libro che spero possa fissare per sempre la tua memoria al mondo. Qualcuno potrebbe pensare che non serva scrivere un libro per ricordarti, e che la tua storia, insieme a quella di Thiago, rimarranno indelebilmente stampate nella memoria di tutti. Eppure, la memoria è labile, e qualcuno deve avermi detto che, dopo un grande dolore, il cervello fa più fatica a trattenere i ricordi. Così, guardandomi allo specchio e ammettendo le mie debolezze, riconosco che *io* ho paura di dimenticare.

Il dolore è un'esperienza immateriale che cerchiamo di confinare in uno spazio ristretto della nostra vita nella lotta disperata per continuare a vivere. Piccolo, grande, tanto, o poco… che valore hanno questi aggettivi quando si trovano di fronte al dolore? È inquantificabile. Non somiglia a un liquido, che, obbedendo alle leggi della fisica, acquisisce la forma del suo contenitore. No, credo che il mio sia più simile a un gas, difficile da contenere e altamente esplosivo, invisibile a molti, ma non a chi mi ama. Ho imparato ad accettarlo, a riconoscere che fa parte della mia vita come un coinquilino invadente e fastidioso con cui condividere i sessanta metri quadri del mio appartamento. Anzi, a essere onesta, credo che sia più di un coinquilino. È un arrogante impostore che ha rubato ogni angolo di questa casa, sottraendomi la mia intimità. Così, per sfuggirgli, ho trovato rifugio in queste pagine e in tutte le parole con cui, in questi lunghi mesi, ho cercato di esprimere il dolore della tua scomparsa.

Potresti pensare che sia un'illusa a credere che il dolore non si insinuerà anche qui, nel libro che racconterà che sei sfuggita alla mia vita come un granello di sabbia soffiato dal vento. Tuttavia, in questo caso sarò io a scegliere quale forma il mio dolore assumerà, e, forse, per la prima volta, non sarà tempesta distruttiva, ma brezza ristoratrice. Ora che ci penso, la prefazione di questo libro non poteva che essere scritta su un treno diretto ad Amsterdam, la terra dei tulipani e dei canali che ha rubato il tuo cuore durante uno dei tuoi viaggi.

Amavi i tulipani. Eri solita comprarli per il tuo appartamento e non ti esimevi dal chiederli in regalo per il tuo onomastico. Io ho sempre disdegnato i fiori. Ho perfino proibito alle persone di regalarmene per il conseguimento della mia laurea. Tu avevi criticato duramente la mia scelta, giudicandola arrogante e assurda.

«Non si può decidere cosa le persone hanno il piacere di regalarti, ma, soprattutto, non puoi impedire loro di regalarti dei fiori» avevi detto.

Per me, invece, si trattava di una mera questione di praticità: non avevo alcuna voglia di trascorrere la mattinata sistemando fiori nei vasi o piante all'ingresso, per poi buttarli via dopo soltanto pochi giorni. In queste piccole scelte emergeva tutta la differenza del nostro temperamento. Tu, *delicata* come il tocco di petali appena sbocciati, avevi un rispetto innato per ogni gesto e ogni pensiero altrui, quasi ti nutrissi di quell'attenzione sottile che riuscivi a infondere in ogni cosa. Io, *spigolosa* e diretta, guardavo invece al concreto, al tangibile, disinteressandomi di ciò che non aveva una funzione pratica.

Eppure, come il vaso che accoglie i tulipani senza condividerne la morbidezza, le nostre differenze ci completavano. La tua delicatezza riscaldava la mia rigidità, e la mia spigolosità, a modo suo dava forma al tuo bisogno di sentirti apprezzata. Insieme, eravamo come un fiore e il suo stelo: tu la grazia, io la struttura che la sostiene, entrambi necessari affinché il fiore, alla fine, potesse sbocciare davvero.

E così, in una terra lontana, tra i colori dei tulipani e i gesti gentili di una sconosciuta, ho imparato a comprendere e accogliere quella delicatezza che tanto ci aveva divise in vita. Nell'illusione che potessimo intraprendere insieme la mia nuova vita, ho iniziato a decorare la mia casa in Olanda con tulipani. Con molta più assiduità e dedizione di quanta ne avessi io nel comprarli, la proprietaria del primo appartamento in cui ho vissuto in Olanda mi regalava un mazzo fresco ogni settimana. A volte, di rientro da una lunga giornata trascorsa in laboratorio, trovavo sulle scale che portavano all'ingresso di casa un pasto caldo e un nuovo mazzo di tulipani. È stato anche attraverso questi gesti che ho capito come la tua storia fosse arrivata fin qui, e che quei tulipani freschi, ogni settimana, fossero un abbraccio materno e consolatorio, nascosto tra colori e profumi.

In questa terra mi sono ritrovata a vivere dopo la tua morte, forse per caso, forse per una fortuita coincidenza, o, forse, per quel nodo invisibile che continua a tenerci legate. Qui ho iniziato a scrivere di te, della ricerca disperata di ritrovarti, dello sconforto e della solitudine in cui sono precipitata pochi mesi dopo il tuo funerale. È qui che ho realizzato che in quei giorni a Senago, fatti di insonnia, incredulità e disperazione, ho *perso* tutto: te, i miei genitori, mio fratello, e non per un'ultima, *me stessa*. La persona che ha lasciato Senago dopo il tuo ritrovamento non esiste più. È sepolta tra le macerie della vita che le è crollata addosso, schiacciata dal peso di domande senza risposte e dalla paura di un futuro vuoto. Dove sei? Dove ero io quando accarezzavi tuo figlio in grembo per l'ultima volta?

Non ho trovato nessuna risposta a queste domande. Al contrario, ogni giorno ne sorgono di nuove, come radici che si ramificano dentro di me. Da tempo, ho sviluppato un gioco mentale: ricostruire i giorni della tua scomparsa, raccontandoli a me stessa come se fossero andati diversamente. Mi comporto come un regista abile e metodico, immaginando nuove versioni della storia con tale precisione che, per un attimo, riesco a sfuggire al dolore della realtà.

A volte, in queste ricostruzioni, è il 27 maggio 2023 e mi trovo a Milano con te, Giulia. Insieme prendiamo un treno, dirette verso una meta indefinita, verso un altrove che non ha contorni. In un'altra versione, quello stesso giorno ti accompagno a casa e trascorro la notte nel tuo appartamento di via Novella, restando accanto a te per assicurarmi che tu sia tranquilla e al sicuro.

Ho costruito miliardi di storie per nutrire la mia mente stanca, inventando dettagli così vividi che, a tratti, oscurano la verità. È un intreccio fitto in cui realtà e illusione si confondono e mi trascinano lontano. Mi sono persa dentro queste versioni immaginate, cullandomi in esse durante la notte. Ma di giorno, come se riconoscessi che tutto questo è solo un sogno, cerco invano di aggrapparmi alla verità dei ricordi. Devo ammettere che faccio fatica a ricordare ogni cosa: frammenti che sfuggono, immagini sfocate che si dissolvono. Forse è la mia stessa mente a proteggermi dal dolore di quei ricordi.

Ed è proprio qui, in questa paura di dimenticare, che è nato il desiderio di scrivere. Sento il bisogno di raccontare la tua storia attraverso i miei occhi, attraverso ciò che di te vive ancora nei miei ricordi. Un modo, forse, per non perderti definitivamente, per cercare di ancorarti a queste pagine e lasciarti esistere ancora. Ogni parola scritta è un tentativo di riportare alla luce ciò che sembra sfuggire, un modo per onorare la tua memoria e far sì che la tua storia non venga dimenticata.

Scrivere è il mio modo di non lasciarti andare.

C'è una parte di me che immagina i lettori come tuoi riflessi, ognuno di loro portatore di una parte di te. Ogni sorella che si immedesima in questa narrazione, ogni madre che affronta il racconto con un respiro profondo e un cuore pesante può trovare in queste righe un legame. Ma non voglio che queste pagine siano solo un viaggio attraverso la sofferenza. Non voglio che ognuno diventi Giulia, una donna la cui vita è stata tragicamente spezzata. Bensì, vorrei che in tutti risplendesse la tua grazia ed eleganza, la forza e la fragilità che si intrecciano in un abbraccio di contrasti, dove il coraggio di rialzarsi si mescola a una dolce ingenuità.

È questa complessità che ti rende unica e *indimenticabile*.

E ora, attraverso queste parole, mi prendo il compito di ricostruire la tua storia, i ricordi che ancora danzano nella mia mente. Ogni capitolo di questo libro è un passo nel mio viaggio, un tentativo di ricostruire i pezzi sparsi della nostra vita insieme. È una ricerca di verità e di connessione, un dialogo aperto con il passato e un abbraccio sincero al presente. Perché, alla fine, la tua storia è anche la mia, e *insieme* possiamo dare vita a qualcosa di nuovo.

A chi legge, offro un onore e una responsabilità: essere il tramite per raccontare a Giulia ciò che ho vissuto, ciò che ho sentito. In questo atto di condivisione, ogni lettore diventa custode di una memoria preziosa attraverso cui desidero che tu, *Giulia*, sappia che *non ho mai smesso di cercarti.*

1
Boccadasse, 28 maggio 2023

Il tramonto a Boccadasse

28 maggio 2023. Una domenica come tante altre, o almeno così credevo.

Il sole di Genova splendeva alto quando ho deciso di seguire la mia routine del weekend: raggiungere Boccadasse, l'antico borgo marinaro a soli cinque chilometri dalla città che mi aveva accolto per il mio lavoro di ricerca. Quel piccolo angolo di paradiso era diventato il mio rifugio, il luogo dove lo stress della settimana si dissolveva come nebbia al sole, così, anche quella domenica di due anni fa, ho inforcato la mia amatissima moto. Prima tappa: casa di Martina.

Non potevo ancora immaginare quanto la sua presenza sarebbe stata cruciale nelle ore a venire, quanto il suo sostegno si sarebbe rivelato fondamentale per affrontare quello che il destino aveva in serbo per me.

L'ho vista uscire dal portone con il suo solito sorriso contagioso, il casco in mano e quella voglia di vivere che la caratterizzava.

«Pronta per il nostro tramonto?» le ho chiesto, mentre saliva agile sulla moto dietro di me.

La sua risata si è mescolata al rombo del motore mentre scendevamo verso il mare, zigzagando tra le vie di Genova con il vento che ci accarezzava attraverso le visiere dei caschi e quella sensazione di libertà che solo la mia due ruote sapeva regalarmi. Martina era più di un'amica: era diventata la mia confidente. E lei sì, c'era sempre, anche quando a Genova mi sentivo un po' spaesata: Francesco, il mio fidanzato di allora, era lontano per il suo lavoro, quindi capitava spesso che mi trovassi a trascorrere i fine settimana da sola o con amici che avevo conosciuto a Genova.

Sorrido ripensando a quanto il destino abbia avuto un senso dell'ironia particolare: Francesco era entrato nella mia vita molto prima di diventare il mio compagno. Per anni l'avevo visto frequentare casa nostra, con quell'aria un po' da «sborone» che all'epoca mi infastidiva. Era uno di famiglia: chiacchierava con i miei genitori, si muoveva per casa con naturalezza. Era stato per anni il migliore amico di mia sorella e il suo più intimo confidente. Poi, un incontro casuale in un bar, un invito al cinema e tutto era cambiato. Cinque anni insieme, una storia nata anni dopo quelle prime apparizioni in casa nostra come amico di Giulia. Quel 28 maggio non c'era, ma avevo una bella cerchia di amici che mi aspettava.

Raggiunto Boccadasse, io e Martina abbiamo parcheggiato vicino alla spiaggia e ci siamo tolte i caschi, lasciando che la brezza marina ci scompigliasse i capelli.

Seguendo una routine ben collaudata, ci siamo dirette verso la nostra focacceria preferita e mentre camminavamo, Martina mi intratteneva con i suoi aneddoti di lavoro, le sue storie sempre così vivaci che mi facevano scoppiare a ridere. Il profumo di pane appena sfornato ci ha accolto come un abbraccio familiare appena varcata la soglia del locale e il proprietario, ormai un volto amico, ci ha salutato con un sorriso complice, mentre ordinavamo focacce e birre fredde.

Con il «bottino» tra le mani, abbiamo raggiunto il resto della compagnia sulla spiaggia. I nostri amici erano già lì, seduti in cerchio su grandi teli colorati, le loro risate che si mescolavano al suono delle onde. Ci siamo unite a loro, trovando il nostro posto in quel cerchio di amicizia. Il suono metallico delle lattine che si aprivano si è fuso alla sinfonia del mare, e abbiamo brindato a quel momento di pura felicità condivisa.

Era diventato il nostro rituale: sfuggire dallo stress settimanale per rifugiarci in questo angolo di pace, dove il tempo sembrava scorrere più lentamente. Nel frattempo, il sole aveva iniziato la sua discesa verso l'orizzonte, trasformando il cielo in una tela. Le sfumature si susseguivano in un balletto di colori: dall'arancio al rosa, fino a un rosso così intenso da sembrare irreale. Era come se un artista divino avesse deciso di dipingere il suo capolavoro proprio sopra le nostre teste, regalandoci uno spettacolo mozzafiato.

Io e Martina ci siamo scambiate uno sguardo d'intesa, i nostri volti illuminati da quella luce dorata del tramonto, le focacce ancora tiepide tra le mani e il sapore fresco della birra sulle labbra. In quel preciso istante, tutto sembrava perfetto: l'amicizia, il mare, il cielo infuocato, le risate, la leggerezza. Era uno di quei rari momenti in cui ti senti in pace con il mondo intero.

Ricordo di aver pensato quanto fossi fortunata: la mia vita a Genova aveva preso una piega inaspettatamente piacevole, nonostante la distanza dalla famiglia. La ricerca andava bene, avevo trovato nuovi amici, presto sarei diventata zia e il futuro sembrava brillante e pieno di promesse. Il telefono era sepolto nella borsa, dimenticato, ma non sapevo che di lì a poco avrebbe vibrato, portando con sé un messaggio che avrebbe stravolto ogni cosa. Per ora, ero semplicemente lì, presente nel momento, a godermi uno dei tramonti più spettacolari che si possano immaginare, ignara che quella serenità stava per essere interrotta per sempre.

Il messaggio che cambia tutto

Il telefono ha vibrato nella borsa. Un messaggio su Instagram da parte di Sara, la migliore amica di mia sorella: «Chiara, per caso hai sentito tua sorella?». Era strano: non ci conoscevamo bene, raramente ci scambiavamo messaggi e quelle parole mi hanno fatto subito scattare un campanello d'allarme. Perché contattare me? Ma ho provato a razionalizzare, anche perché io e Giulia non ci sentivamo tutti i giorni: il nostro rapporto, come quello con mio fratello, non era fatto di telefonate quotidiane o messaggi continui.

Avevamo il nostro gruppo WhatsApp di famiglia, «Family and food», un nome che racchiudeva l'essenza stessa di Giulia. L'aveva chiamato lei così, ed era perfetto, perché ogni volta che tornava a Napoli, era come se avesse una missione: doveva assolutamente mangiare la pizza, la mozzarella con i peperoni, la lasagna della domenica. Era incredibile come facesse – magrissima com'era – ma quando si trattava di cibo napoletano, Giulia diventava insaziabile. In quel gruppo condividevamo le nostre giornate: «Buongiorno, io sto andando in palestra», e altre piccole routine quotidiane che ci tenevano connessi nonostante le distanze.

Sì, sicuramente Sara si stava preoccupando troppo. Ma quando ho scoperto che anche mamma era stata contattata da Sara, dopo innumerevoli tentativi falliti di raggiungere Giulia al telefono, ho capito che qualcosa non andava. Non potevo più fingere che fosse tutto normale. Mi sono voltata verso Martina, che era seduta accanto a me sul telo. Lei doveva sapere, dovevo condividere con lei quello che stava succedendo nella mia famiglia, a mia sorella. Non volevo allarmare gli altri, non ancora. Ho inventato una scusa: una chiamata di mamma, una situazione delicata a casa che dovevo risolvere in privato. Ho sentito lo stomaco stringersi, mentre il tramonto continuava a dipingere il cielo di rosso sopra di noi. Senza rendermene conto, ho cercato il numero di mamma nella rubrica: qualcosa non quadrava, e avevo bisogno di sentire la sua voce. Gli amici intorno a me continuavano a ridere e scherzare, ignari della preoccupazione che dentro di me stava crescendo.

«Mamma, tu per caso hai sentito Giulia?» ho chiesto, cercando di mantenere la voce ferma.

La risposta di mamma è arrivata con una tranquillità

che, ripensandoci ora, era destinata a durare solo pochi istanti. «Oggi non l'ho sentita, però ieri sera sì. Erano le nove e mi aveva detto che aveva mal di testa e andava a dormire.»

Ho fatto un rapido calcolo mentale: mia sorella aveva superato i sette mesi di gravidanza, il suo pancione era ormai ben visibile. Il mal di testa sembrava una cosa del tutto normale in quel periodo, eppure, quella sensazione di inquietudine non voleva abbandonarmi. Martina si era avvicinata ancora di più, scrutando il mio viso con crescente preoccupazione. Il tramonto, prima così spettacolare, ora sembrava tingere il cielo di sfumature cupe, quasi minacciose.

Primi sospetti e chiamate

La birra nella mia mano era diventata calda, dimenticata, mentre la mia mente correva verso Milano, dove mia sorella viveva. Con le mani che tremavano, ho cercato il numero di Giulia nella rubrica. Lo squillo del telefono sembrava infinito, ma dall'altra parte solo silenzio: nessuna risposta. Ho riprovato una seconda volta, poi una terza. Niente. L'ansia ha iniziato a serrarmi lo stomaco in una morsa sempre più forte. Mi sono guardata intorno: il tramonto era ormai quasi scomparso, lasciando spazio alle prime ombre della sera e la spensieratezza di poco prima sembrava appartenere a un'altra vita. Martina era ancora al mio fianco, gli occhi pieni di preoccupazione.

«Devo andare» ho detto agli altri, alzandomi di scatto: non potevo restare lì, ma allo stesso tempo sapevo di dover mantenere la lucidità. Ero in moto, con Martina come passeggera, e non potevo permettermi di guidare con la mente annebbiata. Un attimo di distrazione e avrei potuto investire un pedone, fare un incidente. La responsabilità per la vita di entrambe pesava quanto l'angoscia per il silenzio di mia sorella. Ho raccolto le mie cose cercando di mantenere la calma, mentre nella mia testa si affollavano mille pensieri.

Non sapevo ancora che i miei genitori avevano già lasciato la festa di compleanno di mio cugino Edoardo, diretti verso Milano. Papà, sentendo la mia chiamata, ha voluto capirne di più. «Fammi vedere la chat con Giulia» ha detto a mamma di getto. Potevo quasi vedere la scena, nonostante me l'abbiano raccontata giorni dopo: mamma che scorreva la chat di WhatsApp, mostrando a papà le conversazioni delle ultime ore. Prima le foto dei vestitini per Thiago – quanto era stata felice Giulia nel condividerle – poi... il silenzio. Dalle 15.00, nessuna risposta. Solo quel messaggio arrivato alle 21.15: «Madre sono stanca vado a dormire ci sentiamo domani».

All'improvviso, la voce di mio padre è risuonata decisa, tagliente: «Questo messaggio non te l'ha scritto Giulia».

C'era qualcosa di sbagliato in quelle parole, nel modo in cui erano state scritte. Non era il modo di scrivere di sua figlia, non era il suo stile e mio padre lo aveva capito subito. «Dobbiamo andare» ha sentenziato papà. Stavano lasciando la festa di compleanno, la casa di mia zia, tutto.

L'unico pensiero era raggiungere Milano il prima possibile, mentre la spiaggia di Boccadasse, con il suo tramonto spettacolare, era improvvisamente diventata un luogo surreale: non sapevo ancora quanto quella serata sarebbe diventata l'inizio di qualcosa di più grande, più terribile di quanto potessi immaginare.

«Andiamo» ho detto a Martina, porgendole il casco. Le mie mani tremavano ancora mentre infilavo il mio, ma dovevo concentrarmi. Dovevo riportarci a casa in sicurezza, nonostante il cuore mi gridasse di correre, di fare qualcosa, di trovare un modo per raggiungere mia sorella. Stavo per accendere la moto quando il telefono ha vibrato di nuovo. Non era una normale chiamata: era Messenger. In tutti questi anni non avevo mai ricevuto una chiamata su Messenger; non sapevo nemmeno si potesse chiamare qualcuno che non è tra gli amici.

Ho risposto, confusa. Una voce femminile ha iniziato a parlare rapidamente, le parole che si accavallavano l'una sull'altra come un fiume in piena: «Ciao Chiara, io sono A. Ho incontrato ieri tua sorella e purtroppo non ho più avuto contatti con lei. Mi chiedevo se tu l'avessi sentita perché sono preoccupata». Le parole di questa sconosciuta mi arrivavano come proiettili, sparati a raffica, impossibili da fermare: era nel panico, si sentiva dalla voce, dal modo in cui le frasi si susseguivano senza pause. Cercavo di dare un senso a quello che stava dicendo, di interromperla per fare domande, ma era come cercare di fermare un treno in corsa. Martina, ancora in piedi accanto alla moto, mi guardava con occhi sempre più allarmati, mentre la voce concitata di A. continuava a riversare parole attraverso il telefono, ciascuna più scioccante della precedente.

Mi ha raccontato di aver incontrato mia sorella il giorno prima, ma poi è arrivata la vera bomba: aveva una relazione con il compagno di Giulia. «Nello stesso periodo in cui loro avevano una relazione, anche io ero la fidanzata» ha detto, con una freddezza che contrastava con il suo modo concitato di parlare.

Il mondo ha iniziato a girare intorno a me; ho dovuto interromperla, la mia voce che tremava: «Scusa, ma... chi sei tu? Perché mi stai dicendo queste cose?».

Mentre A. continuava a ricostruire la storia, ho guardato le mie mani: tremavano incontrollabilmente e la moto, la mia fedele compagna di tante avventure, ora rappresentava un pericolo. Non potevo guidare in quelle condizioni, non dovevo nemmeno provarci. Mi sono voltata verso Martina, che era rimasta in silenzio ad ascoltare la mia parte di conversazione, il viso sempre più pallido.

«Devi tornare a casa in pullman» le ho detto, la voce che mi usciva strozzata. «Non posso guidare così.»

Il cielo di Boccadasse si era fatto completamente scuro ora, come se riflettesse l'oscurità delle rivelazioni che stavano emergendo da quella telefonata surreale. A. continuava a parlare, mentre io cercavo disperatamente di dare un senso a tutto quello che stava succedendo. Solo dopo mi sono resa conto che durante tutta la chiamata ero rimasta immobile, la mano sulla chiave della moto, il motore che continuava a rombare nel silenzio crescente della mia mente. Non riuscivo a muovermi, non avevo la forza di salire in sella e tornare a casa: era come se il mio corpo si rifiutasse di cooperare, paralizzato dal peso delle rivelazioni.

A. intanto ha continuato a parlare, rivelando i dettagli del suo incontro con Giulia all'Armani Hotel di Milano. Erano state lì, a confrontarsi con una verità devastante. Si erano date appuntamento per il giorno dopo alle quattro, sempre all'Armani Hotel. Il piano era chiaro: volevano smascherarlo, metterlo di fronte alle sue bugie, mostrargli che entrambe sapevano la verità.

«Sono riuscita a sentire tua sorella fino alle 19, l'ora in cui sarebbe rientrata a casa» ha continuato A., la sua voce che tradiva una genuina preoccupazione. «Poi non l'ho più sentita, il telefono non era raggiungibile. Sono preoccupata, fammi sapere.»

In quel momento, nonostante tutto quello che mi aveva appena rivelato sulla sua relazione con Alessandro, non riuscivo a vedere A. come una nemica. La mia mente era concentrata su un'unica, terrificante realtà: mia sorella era svanita nel nulla. Il resto – la relazione segreta, le bugie, l'incontro all'Armani Hotel – sembrava quasi secondario di fronte a questa verità. E, paradossalmente, questa donna che aveva appena confessato di essere l'amante del compagno di mia sorella, era in quel momento la persona che stava cercando di aiutarmi.

«Senti, io non trovo tua sorella, vediamo come fare» aveva insistito, e in quelle parole avevo sentito una sincera preoccupazione che rispecchiava la mia. E mentre cercavo di dare un senso a questa situazione surreale, avevo capito solo una cosa con certezza: mia sorella, incinta di sette mesi, era scomparsa. E questa consapevolezza stava iniziando a pesare.

«Devi andare dai carabinieri» continuavo a ripetere ad A., la mia voce che si faceva sempre più urgente cercando di mantenere un briciolo di lucidità. «Io ho bisogno di chiamare la mia famiglia» le ho detto infine, interrompendo il flusso delle sue parole.

Appena chiusa la chiamata con A., ho chiamato casa. La voce di mamma tremava mentre mi raccontava di aver già contattato Alessandro. Gli aveva riferito di essere preoccupata perché non sentiva Giulia da un po' e lui le aveva riferito che si trovava al lavoro, e quella mattina quando lui era uscito Giulia stava ancora dormendo.

Mamma però, non si era fermata lì. Aveva chiamato subito dopo la madre di Alessandro. «Puoi andare a vedere se è a casa?» le aveva chiesto, sapendo che aveva una copia delle chiavi dell'appartamento di Giulia e Alessandro a Senago.

«Sì, vado subito» aveva risposto la donna. C'era qualcosa di protettivo nella sua voce, la stessa premura che aveva sempre dimostrato verso Giulia. Era una di quelle suocere che si comportava più come una seconda madre che come un'estranea. L'attesa mentre mamma aspettava che raggiungesse l'appartamento, sembrava infinita. Poi la sua voce, carica di preoccupazione: «Giulia qua non c'è».

Ripensando a quella donna, il cuore mi si stringe. Quale destino crudele le ha riservato la vita: mettere al mondo un mostro. Lei, che era stata una suocera presente, attenta. Era stata lei a riconoscere per prima i difetti di suo figlio come compagno, e aveva cercato di compensare le sue mancanze in ogni modo possibile. Quando c'erano da ricevere i mobili per la cameretta del bambino, era lei a presentarsi. Quando c'erano da lavare e preparare le tutine del nascituro, era sempre lei a darsi da fare. Si era presa cura di Giulia cercando di colmare quel vuoto di attenzioni che suo figlio lasciava. E ora era lì, in quella casa vuota, a dover affrontare una verità che nessuna madre dovrebbe mai dover affrontare.

Mentre ascoltavo il racconto di mia mamma, pensavo che avrei dovuto dirle tutto: ma come si fa a raccontare una cosa del genere a una madre? Le parole mi si bloccavano in gola mentre cercavo di spiegare: una donna, l'amante del compagno di Giulia, il giorno prima l'aveva incontrata ma ora non riusciva più a contattarla. Ogni parola sembrava una pugnalata.

Ma è stato quello che mamma mi ha detto dopo a farmi gelare il sangue: Alessandro l'aveva richiamata. Dopo aver promesso di parlare con sua madre, aveva fatto una telefonata che aveva dell'assurdo. Aveva richiamato mia madre per informarla di essersi recato dai carabinieri a denunciare la scomparsa di mia sorella, come se fosse la cosa più naturale del mondo. La reazione di mamma era stata immediata: «Non ho capito. Scusami, mia figlia è scomparsa da dodici ore e tu vai a fare la denuncia di scomparsa dai carabinieri?». Ma non c'era stato tempo per discussioni o spiegazioni. Alessandro era già al commissariato, e la sua voce tradiva una strana urgenza.

Nulla quadrava in tutto questo, lo sentivo nel profondo delle ossa. Le domande si accumulavano nella mia mente, mentre la preoccupazione si trasformava lentamente in terrore.

2
Le ore di attesa

Napoli-Milano: sola andata

Nel frattempo, a Napoli, papà aveva preso una decisione: «Mettiamoci in macchina, prepariamo le valigie e andiamo a Milano» aveva detto a mamma.

Non era un viaggio improvvisato: hanno preparato l'essenziale per tre-quattro giorni, ma nei comportamenti di mamma c'era qualcosa di diverso, di più profondo, perché mentre preparava la valigia, aveva messo anche il detersivo per i vestiti. Quel semplice gesto raccontava tutta la storia delle sue speranze: nel suo cuore, non era un viaggio per cercare Giulia e tornare subito a casa: era un viaggio per stare con sua figlia, per darle il tempo di metabolizzare quello che stava succedendo, per convincerla forse a tornare a Napoli. In fondo, era al settimo mese di gravidanza e forse sarebbe stato meglio terminarla tra le rassicuranti mura domestiche. Mamma immaginava già le lunghe chiacchierate, il tempo necessario per ricucire, per decidere insieme il da farsi. La situazione era critica, questo era chiaro a tutti, ma mamma, con quel detersivo nella valigia, si aggrappava alla speranza che fosse solo una crisi, un momento difficile che, come sempre, la nostra famiglia l'avrebbe aiutata a superare. Non poteva sapere, mentre piegava con cura qualche cambio d'abiti, che quella valigia preparata con tanto amore materno sarebbe stata testimone di una realtà molto più oscura.

Io ero ancora lì, a Boccadasse, cercando di trovare la forza di muovermi. I miei genitori stavano per mettersi in viaggio verso Milano, e mi sentivo lacerata tra la distanza e l'impotenza. Mentre viaggiavano verso Milano, le speranze di mamma si sono scontrate con le parole glaciali di papà: «Tu non dimenticherai mai questo viaggio. Noi andiamo a Milano pensando sia viva, ma la riporteremo a casa morta».

Il telefono ha vibrato di nuovo nella mia mano, era mamma, la voce rotta dalla disperazione: «Stiamo andando a Milano». Le sue parole mi hanno trafitta come lame, perché papà aveva già costruito nella sua mente lo scenario peggiore: una discussione, una spinta, Giulia che batteva la testa, e lui… lui che si sbarazzava del corpo. Mentre mamma prendeva il detersivo sperando in lunghe giornate di dialogo con la figlia, papà guidava verso Milano con la terribile lucidità che avremmo potuto non rivederla più viva.

Boccadasse sembrava ora più tetra che mai, mentre cercavo di tornare a Genova e di processare l'orrore di quelle parole.

Una decisione difficile

Ormai ero dentro casa da un pezzo e mi trovavo davanti a una decisione da prendere: non avevo la macchina, i treni per Milano erano fermi, ma sapevo di dover raggiungere la mia famiglia. Ho chiamato Rosalia e la scelta non è stata casuale; tra tutti i miei amici a Genova, lei era una delle poche ad avere un'automobile in una combriccola di «scooteristi».

«Ho bisogno della tua macchina perché devo andare a Milano» le ho detto, la voce che tradiva tutta l'urgenza del momento. La sua risposta è stata immediata, senza esitazioni: «Posso essere lì tra un'ora, non c'è nessun problema».

In quel momento di disperazione, la prontezza di un'amica era come una luce nel buio, ma non era solo questo: Rosalia era una collega dell'Istituto italiano di tecnologia, arrivata dalla Sardegna e come me conosceva il peso della distanza, quel senso di impotenza che ti attanaglia quando la tua famiglia sta attraversando una tempesta e tu sei lontana centinaia di chilometri. Lei capiva, nel profondo, cosa significasse essere del Sud e vivere al Nord, con il cuore sempre diviso tra due luoghi. Ma c'era qualcosa di ancora più importante: Rosalia non ha tentato di dissuadermi. Non ha detto «aspetta», «ragiona», «è troppo tardi». Ha capito, senza bisogno di spiegazioni, che quando la famiglia chiama, non c'è distanza che tenga, non c'è ora della notte che sia troppo tarda.

Ho richiamato mamma per aggiornarla sulle mie decisioni, ma lei ha cercato di farmi ragionare: «Noi faremo una nottata in macchina. Sono nove ore di viaggio. Tu almeno riposa un po', perché sei a due ore di distanza. Parti domattina alle sei, così arriviamo assieme».

Io però volevo partire, volevo già essere a Milano e Rosalia, con la lucidità che la contraddistingueva, aveva già messo in luce un aspetto pratico che non avevo considerato: «Ok, vai pure a Milano, ma dove alloggerai? Cosa farai? Non hai prenotato un albergo, non sapresti dove andare... Andiamo insieme dai carabinieri». La praticità delle sue parole contrastava con il caos dei miei pensieri: mentre i miei genitori erano già in viaggio verso Milano con il loro terribile carico di paure e speranze, io ero lì, a dover decidere se aspettare l'alba o lanciarmi nella notte verso l'ignoto.

Ma la decisione se partire subito o aspettare era diventata secondaria di fronte al caos che si stava scatenando. Il telefono continuava a squillare: era A. L'avevo informata che Alessandro era andato in commissariato, e ora le sue chiamate erano incessanti, cariche di paura e angoscia. Nel frattempo, Rosalia è arrivata a casa mia, pronta a partire, ma quella che mi aspettava sarebbe stata una notte infernale. Cercavo disperatamente di convincere A. ad andare dai carabinieri, ma la sua paura era palpabile attraverso il telefono: il giorno dopo avrebbe dovuto lavorare nello stesso turno con lui, e il terrore di ritorsioni la paralizzava. La sua esitazione, per me in quel momento incomprensibile, nasceva da qualcosa di più profondo e terrificante: A. credeva che lui avesse fatto del male a mia sorella. Era questo il motivo per cui voleva denunciarne la scomparsa, ma allo stesso tempo, questa convinzione la terrorizzava al punto da impedirle di agire.

Notte infinita e Chi l'ha visto?

La notte sembrava allungarsi all'infinito, mentre ogni minuto che passava pesava come un macigno, ma mentre ascoltavo A. al telefono, la sua paura mi sembrava quasi eccessiva.

Alessandro? Fare del male a qualcuno? Non riuscivo a capacitarmi di quello che stava insinuando. L'avevo visto poche volte, è vero, e non mi aveva mai fatto una buona impressione, anzi. Lo definivo sempre «uno che vale zero», «un fesso in tutto e per tutto». Era il tipo di persona a cui «non gli dai nemmeno un euro in mano», tanto mi sembrava inaffidabile e insignificante, ma da qui a pensare che potesse fare del male a qualcuno, c'era un abisso. No, non poteva essere. La mia mente si rifiutava di accettare questa possibilità. Alessandro era mediocre, superficiale, forse, ma violento?

Il telefono pesava nella mia mano mentre continuavo ad ascoltare A. e le sue paure si scontravano con le mie convinzioni. Come poteva quella persona, che consideravo così insignificante, suscitare tanto terrore in qualcuno? Continuavo a tempestare A. di domande al telefono, cercando di capire da dove venisse questa sua paura: «A te ha mai fatto del male? Perché pensi che l'abbia uccisa?». Per me era una cosa impossibile da credere. Purtroppo però solo in seguito mi è apparso chiaro quanto tragicamente mi sbagliassi.

La sua risposta mi ha lasciata ancora più confusa: «No, a me non ha mai fatto del male. E tua sorella, quando ci siamo incontrate fuori dall'Armani Hotel, mi ha assicurato che non le aveva mai fatto del male». Ha fatto una pausa, poi ha aggiunto: «Però è una persona con una doppia vita e ho paura di andare dai carabinieri».

Le sue parole erano un paradosso: temeva un uomo che non era mai stato violento con lei o con mia sorella, ma la sua doppia vita la terrorizzava abbastanza da paralizzarla. Finalmente, dopo ore di telefonate e insistenze, ha preso una decisione: si sarebbe fatta accompagnare dai carabinieri da un amico.

Quella notte sembrava che il destino avesse messo in moto cinque ingranaggi separati, ognuno che girava per conto proprio in una danza macabra e sconnessa: era come guardare una scacchiera dove ogni pezzo si muoveva contemporaneamente, ma in direzioni diverse. I miei genitori, assieme a mio fratello, erano sulla strada per Milano: papà al volante con la sua terribile previsione, mamma con il suo detersivo e le sue speranze. A chilometri di distanza, in due diverse stanze dello stesso comando dei carabinieri – una coincidenza voluta dalle forze dell'ordine – A. e Alessandro stavano rendendo le loro deposizioni separatamente. Lei terrorizzata dalla doppia vita dell'uomo, lui ignaro della presenza di A. lì vicino, mentre la polizia ascoltava attentamente per vedere se le versioni combaciassero. Io, a Genova, stavo provando disperatamente a contattare la redazione di *Chi l'ha visto?* Cercavo numeri di telefono, indirizzi e-mail, qualsiasi modo per raggiungere la trasmissione.

Era come se stessimo tutti correndo una maratona al buio, ognuno sulla sua strada, tutti alla ricerca della stessa persona: Giulia.

Il rumore del mare di Boccadasse era ormai un ricordo lontano, sostituito dal suono dei tasti del pc e dal mio respiro accelerato. Era circa mezzanotte quando ho iniziato a cercare su internet il numero della celebre trasmissione: a differenza di mio padre, che guidava verso Milano con il cuore pesante di orribili presentimenti, io mi aggrappavo alla speranza. Nella mia testa, Giulia era solo scomparsa. L'avremmo trovata. Non ho mai, nemmeno per un istante, pensato che potesse essere morta. Ed è così, con il cuore ricolmo di speranza, che ho inviato un messaggio vocale alla redazione della trasmissione. Non ricordo nemmeno cosa ho detto – le parole sono scivolate via dalla mia memoria, perse nella frenesia di quella notte – ma ricordo perfettamente la certezza che mi guidava: mia sorella era da qualche parte, viva.

Non potevo saperlo allora, che il destino beffardo aveva già scritto un finale diverso: la trasmissione sarebbe andata in onda il mercoledì alle 21.15, ma quella stessa notte, alle 22, Alessandro sarebbe stato arrestato con l'accusa di omicidio. Il programma che nella mia mente doveva aiutarci a cercare Giulia, a riportarla a casa, si sarebbe trasformato in qualcosa di completamente diverso. *Chi l'ha visto?* non avrebbe mai potuto avviare un'indagine su mia sorella: nel momento stesso in cui la trasmissione andava in onda, stavano già dando la notizia del ritrovamento del suo corpo.

Rita: una cugina, una terza sorella

Quella notte senza fine l'ho poi trascorsa al telefono con mia cugina Rita, che per noi era come una terza sorella e mentre cercavamo disperatamente di accedere al telefono di Giulia, i ricordi dell'infanzia affioravano come onde: i pomeriggi dopo la scuola trascorsi insieme, figlie di due sorelle – mia madre e sua madre – cresciute come un'unica famiglia.

Mi è tornato in mente il corso di danza che avevamo frequentato da bambine. Giulia, con la sua grazia naturale, sembrava nata per danzare, mentre io e Rita avremmo preferito nasconderci negli spogliatoi. Poi c'erano le lezioni di catechismo per la comunione: quante volte le avevamo «saltate» insieme, scappando nella villa comunale per fare tutt'altro, complici nelle nostre piccole ribellioni. Sì, gli anni ci avevano portato su strade diverse, in città diverse, con carriere diverse, ma c'era sempre stato un ritorno: i compleanni, la Pasqua, il Natale. Momenti in cui ci ritrovavamo come se il tempo non fosse mai passato. E ora, in questa notte terribile, eravamo di nuovo insieme, anche se solo attraverso un telefono, cercando di penetrare il silenzio di Giulia.

Quella telefonata con Rita aveva un peso particolare, perché lei e Giulia condividevano qualcosa di più profondo del semplice legame di sangue: nel corso degli anni avevano costruito un'amicizia fatta di segreti sussurrati, dolori condivisi, turbamenti confidati. Un rapporto fatto di silenzi che parlavano più delle parole, di quella capacità di ritrovarsi sempre, anche dopo lunghi periodi di lon-

tananza. Avevano progettato di festeggiare insieme i trent'anni, entrambe nate nel 1994. Un traguardo che Giulia non ha mai raggiunto, e che Rita non ha più voluto festeggiare. La morte di Giulia ha portato via un pezzo di Rita, ma in qualche modo misterioso, una parte di mia sorella è rimasta viva in lei.

Ora, questo legame continua in un rituale silenzioso: il sabato e la domenica Rita si reca alla tomba di Giulia. È un appuntamento a cui raramente rinuncia, come se quel luogo fosse l'ultimo spazio dove può ancora condividere i suoi segreti con l'amica perduta. Quello che hanno vissuto da adulte, le confidenze, i momenti che hanno condiviso, restano incomprensibili per me, ma doveva essere qualcosa di speciale, qualcosa di così prezioso che nemmeno la morte è riuscita a cancellare completamente.

La caccia virtuale è iniziata nel cuore della notte e come detective improvvisate io e Rita abbiamo iniziato a scavare nella vita digitale di Giulia: Amsterdamtin.es, la password è riemersa dalla memoria come un vecchio amico che si presenta alla porta proprio quando ne hai più bisogno. Una combinazione di lettere e numeri che ora valeva più dell'oro e che era più di una semplice combinazione di caratteri: era una piccola finestra sul cuore di Giulia, un sogno digitato ogni volta che accedeva ai suoi account.

Amsterdam l'aveva stregata durante un viaggio con un ex fidanzato, come fa quella città con chiunque abbia un debole per i canali pittoreschi e le case storte che sembrano uscite da una fiaba un po' ubriaca. Si era letteralmente innamorata di quel posto, al punto che aveva persino fatto domanda per una posizione in Spotify. «Se potessi scegliere un posto dove vivere, sarebbe Amsterdam» ripeteva sempre. I tulipani, poi, l'avevano completamente rapita. Aveva visitato quei campi infiniti di fiori che sembrano tavolozze di pittori impazziti, gli stessi che poi ho visitato anch'io quando mi sono trasferita qui, come se stessi seguendo le sue impronte in un giardino di ricordi.

A volte le sorelle hanno questa specie di Gps emotivo incorporato, una bussola che punta dritta ai segreti l'una dell'altra: sapevo che la password era Amsterdamtin.es con la stessa certezza con cui sai qual è il gelato preferito di tua sorella o quale canzone la fa piangere ogni volta. Sono quelle cose che senti e basta, come un sesto senso fatto di anni di condivisione e piccoli dettagli memorizzati senza nemmeno accorgersene.

Quando sono finalmente entrata nel telefono (su Instagram), però, il silenzio digitale mi ha colpito come un pugno nello stomaco. Nessuna attività, nessun segno di vita virtuale. In quel momento, il mio cervello ha fatto quello che fanno i cervelli delle persone normali in situazioni anormali: ha cercato la spiegazione più logica, più rassicurante. «Ha spento il telefono di proposito» mi sono detta. «Ha scoperto della relazione segreta e ha deciso di prendersi un momento per sé.» Era una spiegazione perfettamente sensata: chi non vorrebbe disconnettersi da tutto dopo aver scoperto che il proprio compagno ha una doppia vita?

Ma mentre questa teoria prendeva forma nella mia

mente, qualcosa – forse lo stesso istinto che mi aveva suggerito la password – continuava a suonare un campanello d'allarme in sottofondo. Come quando sai che hai dimenticato qualcosa ma non riesci a ricordare cosa, solo che in questo caso quel «qualcosa» pesava come un macigno perché c'era un dettaglio che non quadrava in questa teoria della «fuga strategica».

Se Giulia avesse davvero architettato una sparizione tattica, una di quelle mosse alla «ti faccio vedere io», avrebbe sicuramente messo mamma nel piano, ma invece mamma non ne sapeva niente, era completamente all'oscuro. Giulia non l'avrebbe mai lasciata così, nel panico. Eppure, nel mio cuore – quel testardo muscolo che a volte sa le cose prima del cervello – continuavo a credere che fosse solo scomparsa. Dovevamo solo trovarla. Era una questione di tempo, mi ripetevo. L'orologio continuava a correre, implacabile, mentre io e Rita proseguivamo la nostra caccia digitale nel cuore della notte. Il silenzio del telefono di Giulia era assordante e ogni minuto che passava, sempre più pesante.

29 maggio: in caserma Senago

Il 29 maggio, alle otto del mattino, io e Rosalia siamo arrivate a Milano. La mia amica aveva stoicamente guidato dalla Liguria fino in Lombardia nelle prime ore del mattino.

La caserma dei carabinieri di Senago ci è apparsa davanti agli occhi, un edificio che era vicino a via Novella, appena centocinquanta metri di distanza. Era impressionante pensare che in un posto così piccolo, dove tutto era a portata di mano, qualcuno potesse scomparire nel nulla e, mentre parcheggiavamo, ho realizzato quanto fosse surreale la situazione: eravamo a pochi passi da dove Giulia viveva, così vicine eppure così lontane dal capire cosa fosse realmente successo.

Entrando in caserma, la prima persona che ho visto è stata mamma. Era seduta lì, disperata, con addosso una camicia blu di lino – la stessa che poi avrei indossato io durante la fiaccolata, come se quel pezzo di stoffa potesse mantenere vivo un legame con quel momento, con lei –, e i suoi occhi erano quelli di chi non li ha chiusi per tutta la notte, di chi ha vissuto le ore più lunghe della propria vita. I miei genitori erano lì da ore: avevano fatto la prima deposizione, fornendo tutte quelle informazioni che sembrano così banali finché non devi dirle ai carabinieri: chi è lui, che lavoro fa, se c'erano stati problemi. Dettagli di una vita normale che improvvisamente diventavano indizi da esaminare.

E lui, Alessandro, era ancora lì in caserma. Sapere che si trovava nello stesso edificio, a pochi metri da noi, mentre davamo informazioni sulla scomparsa di Giulia, creava una tensione quasi palpabile nell'aria e lì, nei corridoi della caserma, è successo l'inevitabile incrocio: mio padre l'ha incontrato per primo, Alessandro, e c'era qualcosa nella postura di papà, nel suo sguardo, che tradiva una certezza terribile.

Papà lo sapeva, lo sentiva nelle ossa. Conosceva sua figlia come solo un padre può conoscere il sangue del suo sangue: Giulia non si sarebbe mai allontanata senza dire niente a nessuno, non era il tipo. Questo pensiero rendeva ogni incontro con Alessandro, ogni momento in quella caserma, ancora più insopportabile. La certezza di papà però non era basata su prove o indizi: era quella conoscenza profonda, viscerale, che viene da anni di piccole abitudini osservate, di telefonate quotidiane, di messaggi nel gruppo di famiglia. Era il tipo di certezza che ti fa tremare mentre cerchi di mantenere la calma in una stanza piena di carabinieri.

L'aria nella caserma era diventata ancora più pesante dopo quell'incontro. Dopo aver reso la mia deposizione ai carabinieri, la realtà pratica della situazione mi ha colpito come uno schiaffo: dove avremmo dormito? Era uno di quei dettagli apparentemente banali che diventano improvvisamente enormi in una situazione di emergenza. Eravamo arrivati a Senago senza un piano, spinti solo dall'urgenza di trovare Giulia e non avevamo niente: nessun punto d'appoggio, nessun conoscente. E la famiglia di lui... be', nessuna offerta di ospitalità era arrivata da quella parte. Alla fine, è stata l'Arma dei carabinieri a trovarci una soluzione. Ci hanno proposto un appartamento in un residence, uno di quelli che di solito vengono affittati ai famigliari dei carabinieri quando vengono su dal Sud per fare visita. Non era gratis, l'abbiamo pagato, ma almeno avevamo un posto dove stare.

Era un appartamento semplice: una cucina, una camera da letto, un divano letto dove io e mio fratello ci saremmo arrangiati a dormire. Non era casa, ma in quel momento era tutto quello che avevamo. C'era qualcosa di stranamente confortante in quegli spazi anonimi, come se quel residence abituato a ospitare altre famiglie del Sud sapesse esattamente di cosa avessimo bisogno: quattro mura e un tetto sotto cui raccogliere i nostri pensieri, le nostre paure, le nostre speranze. Speranze, appunto. Io continuavo a sperare, tanto che quel 29 maggio, mentre eravamo a Senago a cercare Giulia, il Napoli aveva aperto la prevendita per l'ultima partita di campionato, quella della celebrazione dello scudetto. In mezzo a tutto quel caos, a tutta quella paura, mi sono ritrovata in coda online con la mia fan card, cercando di comprare i biglietti per il 4 giugno.

«Ne compro tre, non due» ho detto a mamma mentre aspettavo nella coda virtuale, seduta in quell'appartamento temporaneo. C'era una certezza quasi infantile nella mia voce, come quando da bambino ti aggrappi a una promessa che sai che verrà mantenuta. Ero convinta, con quella ostinazione che solo la speranza sa dare, che il 4 giugno saremmo stati tutti allo stadio, compresa Giulia, a festeggiare lo scudetto del Napoli. Era come se il mio cervello si rifiutasse di accettare qualsiasi altra possibilità. Mentre una parte di me era lì a cercare mia sorella, un'altra parte stava già pianificando quella giornata di festa, visualizzando i tre biglietti, immaginando i nostri posti allo stadio. La partita del 4 giugno era diventata una specie di linea d'arrivo immaginaria: entro quella data, mi dicevo, avremmo ritrovato Giulia. Doveva essere così.

Tre, biglietti, non due. Come se quel numero potesse in qualche modo influenzare il destino, come se comprare quel terzo biglietto potesse garantire che Giulia sarebbe stata lì con noi…

Non riuscivo a stare ferma in quell'appartamento nel residence e così, lo stesso pomeriggio del nostro arrivo, ho chiesto alla mia famiglia di mostrarmi dove viveva Giulia.

La casa di via Novella, i primi indizi

Era strano pensare che non ero mai stata a casa sua, che non avevo mai visto il posto dove mia sorella aveva costruito la sua vita a Milano, ma erano state le circostanze che avevano creato questa distanza: quando lei si era trasferita lì, io vivevo in Finlandia. Poi, quando ero tornata in Italia, vivevo con i miei genitori a Napoli e Giulia, nei suoi momenti liberi, preferiva scendere giù, per stare con tutta la famiglia insieme. Era più pratico così: una persona che si sposta invece che tante, più tempo da passare tutti uniti. Quindi non ero mai salita io da lei. Ma ora invece eccomi qui, a vedere per la prima volta la sua casa in circostanze che non avrei mai potuto immaginare. Il resto della famiglia conosceva già quel posto, ci era stato. Per me era la prima volta, e il pensiero che stessi conoscendo il suo spazio in sua assenza rendeva tutto ancora più strano: non avevo mai visto dove mia sorella appendeva i vestiti, dove preparava il caffè la mattina, dove aveva sistemato i primi vestitini per il bambino. Stavo per scoprire tutti questi dettagli nel momento peggiore possibile.

Quando siamo arrivati davanti alla casa di Giulia, tecnicamente l'appartamento non era ancora sotto sequestro, quello sarebbe avvenuto solo più tardi, ma i carabinieri erano stati chiari: non potevamo entrare perché volevano evitare qualsiasi interferenza con il loro lavoro investigativo. Mi sono ritrovata così a guardare dall'esterno il posto dove viveva mia sorella e io, stavo lì, fuori da quella porta che per me rappresentava un confine invalicabile, pensando a tutte le volte che Giulia l'aveva attraversata, a tutte le volte che aveva girato quella chiave nella serratura tornando a casa. Era così vicina, eppure irraggiungibile.

Sì, io non sono potuta entrare in quella casa (in verità in quel momento non mi interessava più di tanto), ma la mia famiglia c'era già stata. Mia mamma e mio fratello erano entrati con la madre di Alessandro un po' prima del mio arrivo. Mamma aveva chiesto il permesso ai carabinieri e uno di loro li aveva accompagnati perché voleva recuperare qualcosa di Giulia, qualsiasi cosa che appartenesse a sua figlia, come se quegli oggetti potessero in qualche modo tenerla più vicina.

Quella visita l'aveva profondamente turbata, perché il suo occhio di madre aveva colto subito qualcosa di stonato, di fuori posto. Le sedie della cucina, quelle del tavolo da pranzo, erano tutte sollevate, come quando si fa una pulizia veloce del pavimento.

C'era qualcosa che non quadrava in quella disposizione: sembravano messe lì in fretta e furia, non riposizionate correttamente. Era uno di quei dettagli apparentemente insignificanti che assumono un significato completamente diverso quando tua figlia è scomparsa: perché quelle sedie erano ancora sollevate? Chi aveva pulito il pavimento con tanta fretta da non rimettere nemmeno le sedie a posto? E poi c'era il televisore, mamma l'aveva notato subito: aveva degli aloni, degli schizzi, come quando qualcuno lo pulisce male. Per chi non conosceva Giulia poteva sembrare un dettaglio insignificante, ma per mamma era come un allarme che suonava a tutto volume. Giulia era quasi maniacale con la pulizia della tv. «La devo pulire io» diceva sempre, «perché chi non la sa pulire lascia l'alone della mano, oppure lascia l'alone del Glassex». Quindi era semplicemente impossibile che Giulia avesse lasciato la casa in quelle condizioni. Lei, che si preoccupava sempre che lo schermo della tv fosse perfettamente pulito, non avrebbe mai tollerato quegli aloni.

E infine, la spesa, ancora lì sul divano. Non una spesa qualunque, ma quella che Giulia aveva fatto il 27 maggio: detersivi, fagioletti, pelati buttati lì, come se il tempo si fosse fermato. Due giorni dopo, quando i miei genitori sono entrati in casa il 29, era tutto ancora lì, abbandonato: un altro particolare che gridava che qualcosa non andava. Giulia non avrebbe mai lasciato la spesa sul divano per giorni. Non lei, che era così precisa, così attenta all'ordine. Quelle buste della spesa erano come una fotografia congelata nel tempo, l'ultimo gesto normale di una giornata che poi aveva preso una piega terribile. Poi mamma è entrata in bagno, e quello che ha visto l'ha lasciata senza parole: la vasca da bagno era annerita.

«Ma mia figlia la vasca da bagno in queste condizioni, con la ceramica nera di sporco?» ha detto incredula.

Per lei, in quel momento, era sporcizia, una cosa impossibile conoscendo la maniacale pulizia di Giulia. Io non l'ho vista direttamente quella vasca. Non sono mai entrata in quella casa, nemmeno successivamente.

Mentre mamma pensava che fosse sporco, nessuno di noi poteva immaginare cosa fosse realmente quel nero sulla ceramica, cosa stesse davvero raccontando quella vasca.

Mio fratello ha documentato ogni dettaglio sospetto, comprese delle strane macchie bianche sul parquet e mi mandava i video, chiedendomi: «Secondo te cosa sono queste macchie per terra?».

La domanda sembrava innocua, ma non lo era, perché quando la mia famiglia è entrata in quella casa, lo ha fatto con una consapevolezza che io ancora rifiutavo di accettare: Giulia non c'era più e la prova più schiacciante era lì, sul tavolo; lo zaino di Giulia, completo di documenti e portafogli. Era come un messaggio silenzioso che urlava la verità. Chi sparisce volontariamente non lascia tutto così, non abbandona i suoi documenti, non si allontana senza portarsi dietro almeno qualche euro per non essere rintracciato. Era troppo ordinato, troppo sistemato per essere una fuga. E mentre io pianificavo di comprare tre biglietti per la partita del Napoli, sperando ancora di festeggiare lo scudetto con lei, la mia famiglia stava già facendo i conti con una realtà più oscura.

Quelle macchie sul pavimento, la vasca annerita, le sedie sollevate, la spesa abbandonata, i documenti lasciati con troppa cura… ogni dettaglio raccontava una storia che nessuno voleva sentire, ma che la mia famiglia aveva già dolorosamente compreso. E in quel momento i carabinieri hanno detto a mamma qualcosa che suonava come una sentenza definitiva: «Prenda tutto quello che le serve. Questa è l'ultima volta che può entrare». L'avvertimento era stato chiaro: non doveva più presentarsi in quella casa per non compromettere le indagini. Mamma si è trovata così a dover decidere in fretta cosa prendere, cosa salvare di sua figlia, sapendo che non avrebbe più potuto varcare quella soglia. Come si fa a scegliere quali ricordi portare via quando sai che è l'ultima volta? Quali oggetti possono racchiudere una vita intera, i sogni di una figlia, le promesse di un futuro che non ci sarà?

Un garage, una menzogna

A me non interessava salire nell'appartamento, in quanto le descrizioni di mamma della vasca annerita e degli altri dettagli inquietanti erano più che sufficienti. Ma il garage... il garage era un'altra storia. È stato quasi un caso: un'auto stava uscendo, e papà si è messo davanti alla fotocellula, mantenendo aperto il cancello. In quel momento ho deciso di scendere giù.

Non potevo saperlo allora, mentre mi inoltravo in quel garage sotterraneo, ma stavo camminando a pochi passi da Giulia: il suo corpo era ancora lì, non era stato ancora spostato nella cantina.

Nel garage, ho iniziato a setacciare metodicamente ogni cantina aperta, quelle usate per i bidoni dell'immondizia. Cercavo qualsiasi cosa – vestiti di Giulia, lenzuola – un qualsiasi indizio. Non potevo sapere che stavo cercando nel posto giusto, ma nel momento sbagliato: quello stesso ripostiglio che stavo perlustrando sarebbe diventato più tardi il luogo da cui lui avrebbe preso la scopa per pulire la cenere. Era aperto, accessibile – lui lo usava come deposito –, aveva detto che serviva per pulire il garage. Le mie mani hanno aperto ogni bidone, controllato ogni angolo. Niente. Non c'era nulla di quello che cercavo, ma la verità era molto più vicina di quanto potessi immaginare. Dopo un po' è scesa anche mamma, che aveva con sé lo zaino di Giulia, quello trovato sul tavolo con tutti i documenti. E in quello zaino, incredibilmente, c'erano anche le chiavi del garage. In quel momento mamma ha detto: «Non ho le chiavi del garage».

Lo avremmo scoperto solo giorni dopo, che quelle chiavi erano state sempre lì, proprio in quello zaino che mamma stringeva tra le mani. È una di quelle coincidenze che ti tormentano per sempre: avevamo i mezzi per aprire quella porta, per trovare Giulia, ma non lo sapevamo. Era come se il destino ci stesse giocando uno scherzo crudele: la verità era letteralmente nelle nostre mani, nascosta in una tasca di quello zaino.

Quando sono andata in caserma a riferire della mia «incursione» nel garage, i carabinieri si sono mostrati infastiditi dalla mia ostinazione nel cercare, nel non arrendermi. Quella mia testardaggine ha avuto un effetto: hanno richiamato Alessandro in caserma, in quanto c'era stato un errore, quasi banale nella sua semplicità: i carabinieri hanno chiesto ad Alessandro del garage, lui ha risposto che non c'era nessun garage. Nessuno, in quel frangente, ha pensato di controllare la planimetria della casa, che avrebbe mostrato chiaramente l'esistenza del garage. Una svista che sarebbe costata tempo prezioso.

«Ma se la sorella di Giulia è stata giù al garage, c'è un garage che non hai detto di avere?» gli hanno chiesto.

La domanda ha creato una crepa nella sua versione dei fatti e la verità stava cominciando a emergere, spinta da quei piccoli dettagli che non tornavano: un garage non dichiarato, delle chiavi nello zaino, delle planimetrie non controllate. La bugia sul garage però, non era solo sua. Sua madre, interrogata separatamente, aveva sostenuto la stessa versione: «No, mio figlio non ha un garage». Una menzogna coordinata che per un po' ha funzionato, fino a quando non è emersa la verità. Quella domanda specifica in caserma ha avuto un effetto terribile: ha messo in allarme Alessandro; sapendo che i carabinieri erano ora consapevoli dell'esistenza del garage, ha agito rapidamente. Quello stesso giorno ha trasferito il corpo di Giulia dal garage alla cantina. Così, quando finalmente i carabinieri sono andati a controllare, non hanno trovato nulla.

Senago, una città di appena 20.000 abitanti, non si era mai trovata a gestire un caso del genere. Non era attrezzata per un'indagine di questa portata, non aveva l'esperienza necessaria per gestire una situazione così complessa: è stato quindi predisposto che il caso passasse alla squadra di Milano Centrale, sotto il comando di Buttarelli. È stato grazie a questo passaggio di consegne da Senago a Milano che Giulia è stata trovata relativamente presto, dopo soli tre giorni.

La situazione era paradossale: non c'era ancora un mandato di arresto, non c'erano elementi sufficienti per pedinarlo legalmente, ma gli investigatori avevano un piano. Le sette ore di interrogatorio non erano quello che sembravano: era tutta una strategia, un modo per tenerlo occupato in caserma mentre la polizia procedeva con le indagini. Mentre lui rispondeva alle domande, ignaro, una squadra stava mettendo sottosopra casa sua alla ricerca di prove. L'interrogatorio era solo una cortina di fumo, un diversivo elaborato per permettere agli investigatori di lavorare indisturbati.

Ricerche e famiglia

Dopo la visita al garage, qualcosa in me è esploso e non potevo più stare ferma ad aspettare. Ho fatto quello che fa chi cerca una persona scomparsa: sono entrata in azione assieme a Mario, mio fratello.

La prima tappa è stata l'edicola vicino alla caserma dei carabinieri, dove ho fatto stampare 140 fotografie di Giulia. Non erano semplici foto: c'erano tutti i dettagli che potevano aiutare a riconoscerla: età, altezza, peso, segni particolari. Abbiamo preso la macchina e siamo partiti per Milano. Da soli, con il nostro carico di fotografie e nastro adesivo, ci siamo messi a girare per la città. Ci fermavamo a ogni palo della luce, attaccavamo quelle foto una dopo l'altra. Io e Mario abbiamo mappato metodicamente la zona. Non abbiamo lasciato nulla al caso: ogni palo della luce è diventato un punto di ricerca, un grido silenzioso di aiuto. Abbiamo coperto tutte le principali entrate della metropolitana di Milano, concentrandoci sulla stazione di Comasina. Da lì, ci siamo mossi come in una ragnatela che si allargava sempre di più. A Senago, abbiamo tracciato una linea immaginaria che partiva da casa sua e si estendeva fino al comune vicino, Paderno Dugnano. C'era qualcosa di frenetico, quasi disperato in quel gesto ripetuto centinaia di volte: fermarsi, scendere dalla macchina, attaccare la foto, ripartire. Come se ogni volantino appeso potesse essere quello giusto, quello che avrebbe portato qualcuno a riconoscerla, a darci una risposta.

Ma non sapevo ancora che le risposte non sarebbero arrivate da quelle foto, ma da quel garage dove ero stata poco prima.

E mentre le strade di Milano e Senago si riempivano dei nostri volantini, il mondo digitale stava facendo la sua parte. La mia homepage di Instagram si era trasformata in un mosaico del dolore e della speranza: ovunque guardassi, c'era il volto di Giulia. Gli annunci della sua scomparsa rimbalzavano da un profilo all'altro, condivisi e ricondivisi in una catena infinita di solidarietà. Non erano solo amici e parenti a cercarla. Persone che non avevano mai conosciuto Giulia stavano condividendo la sua foto, la sua storia. Sconosciuti avevano trasformato i loro profili social in bacheche, così la ricerca fisica per le strade si fondeva con quella virtuale sui social media.

In tutto questo però, eravamo fondamentalmente soli. Avevamo dovuto creare il nostro sistema, dividere i compiti: io e mio fratello per le strade a cercare Giulia, mamma a casa con papà. Era una decisione pratica ma anche di protezione: papà non poteva essere lasciato libero di girare per Senago. Il dolore e la rabbia avrebbero potuto spingerlo a fare qualcosa di irrazionale. Così avevamo fatto questo patto silenzioso: noi giovani a setacciare le strade, mamma a fare da ancora emotiva, a tenere papà ancorato a casa. Così loro restavano lì, in quell'appartamento temporaneo, in attesa. Ascoltavano le notizie che, anche se non erano ancora terribili, pesavano come macigni. Ogni squillo del telefono poteva essere quella chiamata – «Abbiamo trovato tua sorella» – che speravamo e temevamo allo stesso tempo. Era un'attesa straziante, un limbo fatto di speranza e paura, mentre noi continuavamo la nostra ricerca metodica per le strade della città.

Il giorno dopo, come un'ondata di sostegno, è arrivata tutta la famiglia da Napoli: le due sorelle di mamma, i miei tre cugini, il fratello di papà. All'improvviso eravamo diventati un piccolo esercito, ognuno con le proprie spese di albergo da sostenere, ma nessuno che si lamentava del costo. In quel momento, i soldi erano l'ultimo dei nostri pensieri. Abbiamo organizzato le ricerche come una staffetta senza fine: c'era chi perlustrava la città di notte e chi di giorno. Le macchine si alternavano per le strade di Milano e Senago in turni incessanti, come in una danza coordinata della disperazione. Mentre alcuni dormivano, altri erano fuori a cercare. Poi ci davamo il cambio, senza mai lasciare un momento scoperto. Era come se avessimo creato una nostra piccola centrale operativa, con la famiglia che si era trasformata in una squadra di ricerca improvvisata ma determinata.

Nel momento in cui noi setacciavamo la città in turni continui, lui stava eseguendo il suo macabro piano. In quei giorni dormiva a casa della madre, e proprio in quel periodo ha spostato il corpo di Giulia dal garage alla cantina. La sera del 31 maggio, proprio mentre noi continuavamo le nostre ricerche instancabili, lui avrebbe fatto l'ultimo spostamento verso via Monte Rosa. Era come se stessimo giocando al gatto col topo, solo che noi non sapevamo di essere parte di questo gioco.

Seguirono tre giorni di delirio totale.

3
Dai giorni della speranza al momento della verità

Paura, ricerche, segnalazioni, speranza

In questo delirio avevo iniziato a muovermi come un'investigatrice improvvisata, a volte addirittura anticipando le mosse ufficiali. I carabinieri erano sempre più infastiditi dal mio coinvolgimento: mi avevano detto chiaramente che stavo intralciando le indagini con la mia costante richiesta di informazioni, ma non potevo fare a meno di incalzarli. Avevo esortato il comandante di Senago di sequestrare gli iPad e i computer dalla casa, dispositivi che non avevano preso perché tecnicamente non c'era ancora un'indagine per omicidio. Sapevo che la Copia Forense dei dispositivi era cruciale e che ogni minuto perso rendeva più difficile recuperare prove digitali importanti. Era una situazione paradossale: io, una civile, suggerivo procedure investigative ai carabinieri, perché per me erano passi ovvi da fare, e mi lamentavo che la burocrazia stesse rallentando tutto: ogni ritardo, ogni procedura non eseguita poteva significare prove perse per sempre. Allora non mi rendevo conto che invece loro stavano seguendo un iter ben preciso, previsto dalla legge.

Ho provato a richiamare A., ma aveva smesso di rispondere e non capivo il motivo, visto che la mia collaborazione con lei era stata intensa e preziosa, tanto che, mi aveva persino fornito delle password. Ci scambiavamo informazioni, aggiornamenti, costruendo pezzo per pezzo il puzzle di quella terribile storia, ma nel giro di poche ore tutto è cambiato. I carabinieri hanno convocato A. più volte per «far quadrare la storia», e durante questi incontri le hanno dato un ordine preciso: doveva smettere di aggiornarmi. I miei messaggi – «Che ti hanno detto i carabinieri?» – hanno iniziato a cadere nel vuoto; il canale di comunicazione che avevamo stabilito si è interrotto bruscamente. Ero amareggiata: proprio quando la collaborazione stava dando i suoi frutti, quando ogni informazione poteva essere cruciale, ci hanno imposto questo muro di silenzio e la frustrazione e la rabbia hanno raggiunto il punto di rottura. In un momento di disperazione, ho fatto qualcosa di cui non vado fiera: ho minacciato A.

«Se mia sorella è morta tu sei la prossima» le ho scritto. Parole dettate dalla paura, dalla rabbia, dall'impotenza di quei momenti terribili e la sua reazione è stata immediata: mi ha bloccato, così, il nostro flebile legame si è interrotto definitivamente.

Perché avevo agito così? Perché il mio rapporto con A. era diventato incredibilmente complicato. Da un lato, era stata lei ad aiutarmi a capire che Giulia era scomparsa, era stata una fonte preziosa di informazioni, ma dall'altro, era parte integrante di quella storia che aveva portato alla morte di mia sorella. Lei era viva, Giulia no. Era un paradosso emotivo impossibile da risolvere: come potevo essere grata a qualcuno che, anche se indirettamente, era parte della catena di eventi che aveva portato alla morte di mia sorella? Il rapporto si era incrinato non solo per quella mia orribile minaccia, ma per qualcosa di più profondo: l'impossibilità di conciliare il suo ruolo di aiuto con il suo essere parte della storia che aveva distrutto la nostra famiglia. Ogni conversazione con lei, ogni messaggio, ogni informazione condivisa era contemporaneamente un aiuto e un dolore e la sua stessa esistenza era un promemoria costante di tutto quello che era andato storto, di tutto quello che avevamo perso.

In mezzo a tutto questo, nonostante divieti e imposizioni, cercavo di contribuire alle indagini in ogni modo possibile: avevo persino consegnato ai carabinieri una chiavetta usb contenente la registrazione della voce di Giulia. L'idea era quella di utilizzarla per le intercettazioni ambientali: se mia sorella fosse stata da qualche parte, se avesse parlato con qualcuno, la sua voce avrebbe potuto essere riconosciuta e confrontata con quella registrazione. Anche perché, in quei giorni di ricerca disperata, arrivavano anche segnalazioni assurde.

Come quella di un tizio che sosteneva di averla vista a una festa di paese vicino Milano: secondo lui, Giulia era lì, con un vestito azzurro (cosa già impossibile, perché mia sorella non aveva vestiti azzurri), che chiedeva un panino con l'hamburger per strada. L'assurdità di quella segnalazione era quasi dolorosa. L'immagine di mia sorella, smarrita a una festa di paese qualunque, che chiedeva un panino mentre l'Italia intera la cercava, mentre io e la famiglia stavamo setacciando ogni angolo di Milano... Era completamente fuori dalla realtà, al di là di ogni logica... Come poteva qualcuno pensare che Giulia, mentre eravamo tutti mobilitati per trovarla, mentre il suo volto era su ogni telegiornale, se ne stesse tranquillamente a una festa di paese a ordinare hamburger?

Eppure, dovevamo seguire ogni pista, per quanto assurda potesse sembrare. Era questo il paradosso delle ricerche: non potevamo permetterci di ignorare nessuna segnalazione, anche se il buon senso ci diceva che era impossibile. La registrazione della sua voce che avevo dato alla polizia era proprio per questo: per verificare ogni possibile avvistamento, ogni voce simile alla sua, ogni minima possibilità. Ma l'idea di Giulia persa per strada a una festa di paese era semplicemente inconcepibile.

La speranza, in quei giorni, non era solo un sentimento: era una strategia di sopravvivenza. Se avessi permesso anche solo per un momento al pensiero che Giulia fosse morta di prendere il sopravvento, non ce l'avrei fatta. Lo ammetto senza troppi giri di parole: mi sarei uccisa. Non c'era alternativa; o credere di poterla trovare, o crollare completamente. Restare a Senago senza cercarla attivamente, limitandosi ad aspettare notizie, sarebbe stato insopportabile. Quei pochi giorni di ricerche frenetiche, di speranze, di possibilità – per quanto remote – sono stati in un certo senso un regalo. Un'illusione, sì, ma un'illusione che mi ha tenuto in vita, che mi ha dato uno scopo, che mi ha impedito di sprofondare nell'abisso.

Guardandomi indietro, posso dire di aver sofferto quattro giorni in meno grazie a quella speranza. Quattro giorni in cui ho creduto che fosse possibile trovarla, in cui ogni angolo di strada poteva nascondere la risposta che cercavamo, in cui ogni telefonata poteva essere quella giusta. Era un'illusione, lo so bene, ma era l'unica cosa che mi impediva di cedere alla disperazione. La ricerca era diventata il mio ossigeno: finché cercavo, finché mi muovevo, finché facevo qualcosa – qualsiasi cosa – per trovarla, potevo continuare a respirare: ogni passo, ogni volantino attaccato, ogni strada perlustrata, era un modo per rimanere aggrappata non solo alla speranza di trovare Giulia, ma alla vita stessa.

La mattina del 31 maggio

Spero che Giulia abbia sentito quanto intensamente la stavamo cercando, che abbia percepito che non ci siamo mai arresi. Anche se io non potevo sentire lei, la notte del 31 maggio – la notte prima che la trovassimo – l'ho vista in sogno.

Era un'immagine così vivida: una palla da calcio che rotolava, lei che camminava in un giardino pieno di pini. Non ha detto molto, solo che potevo andare, che potevo tornare a casa perché lei stava bene. Era lì, nel mio sogno, come se volesse darmi un messaggio.

Forse quel sogno era il suo modo di dirmi addio? Di cercare di proteggermi ancora una volta dalla verità che stava per emergere? Non sono sicura se ho condiviso subito quel sogno con la mia famiglia, ma ricordo la reazio-

ne di qualcuno, quelle parole che cercavano di trasformare quella visione onirica in un segno di speranza: «Vedi? Sta bene! La troverai!». Forse era il nostro modo di proteggere quella fragile fiamma di speranza: interpretare ogni sogno, ogni segno, come una conferma che la storia avrebbe avuto un lieto fine. Non potevamo sapere che quel sogno non era una promessa di ritrovarla viva, ma forse un ultimo, dolce addio.

La mattina del 31 maggio, dopo quel sogno, ho seguito la mia solita routine: andare in caserma. Era diventato un appuntamento fisso con il comandante di Senago, una specie di rituale che scandiva le mie giornate. Non era una visita occasionale: ci andavo tre volte al giorno – mattina, pomeriggio e sera – per chiedere se ci fossero aggiornamenti. Una sorta di pellegrinaggio quotidiano: sempre le stesse domande, sempre la stessa speranza di ricevere qualche notizia rassicurante, come il sogno della notte precedente – Giulia nel giardino di pini, la palla che rotolava –, e non potevo immaginare che proprio quel giorno, quelle visite rituali in caserma avrebbero preso una svolta drastica, che gli aggiornamenti che cercavo con tanta ostinazione sarebbero finalmente arrivati, ma non nel modo in cui speravo.

Una delle poche cose per cui siamo stati grati in quei giorni è stata la protezione della nostra privacy. I carabinieri avevano fatto un ottimo lavoro nel tenere riservata la nostra ubicazione: nessuno sapeva dove dormiva la famiglia di Giulia, dove ci eravamo sistemati. I giornalisti, che normalmente seguono questi casi come om-

bre, non avevano idea di dove trovarci. Questa protezione ci permetteva di muoverci liberamente. Mentre io giravo in macchina attaccando volantini, o andavo in caserma, potevo farlo senza essere seguita da telecamere o reporter.

L'unica eccezione è stata la troupe di Chi l'ha visto? *che è venuta al residence per registrare il messaggio, ma anche questo è stato gestito con discrezione. Era un piccolo sollievo in mezzo a tutto quel caos: poter vivere il nostro dolore e la nostra ricerca senza l'intrusione costante dei media.*

Quel maledetto giorno, l'ultimo, la caserma di Senago brancolava nel buio. Avevano già passato il caso al nucleo investigativo di Milano, ma c'è stato un momento che non dimenticherò mai: mentre stavo per andare via, uno dei brigadieri mi ha detto, con un sorriso: «Guardi che entro oggi la risolviamo, qualcosa uscirà». Quelle parole, quel sorriso… Come le interpreta una sorella che sta cercando disperatamente la sua Giulia? Nella mia testa, in quel momento, ho tradotto quella frase come: «La troviamo, e la troviamo viva». Non potevo sapere che quel «qualcosa uscirà» avrebbe avuto un significato molto più tragico: era l'ultima volta che lasciavo quella caserma con la speranza nel cuore. Il brigadiere probabilmente sapeva già che le indagini stavano prendendo una piega decisiva, ma il suo sorriso, quelle parole scelte con apparente leggerezza, mi hanno fatto credere ancora una volta che avremmo rivisto Giulia.

Sono tornata a casa verso le due del pomeriggio; un

momento di apparente normalità – mangiare un panino – in mezzo a giorni che di normale non avevano nulla e ho riferito a mamma quello che aveva detto il brigadiere.

Ripensandoci ora, quella scena ha qualcosa di surreale: noi due in quella casa temporanea, io che mangio un panino e racconto di quel sorriso, di quella promessa di «risoluzione».

C'era qualcosa nell'aria, una sensazione palpabile che la situazione stava per giungere a un termine. Non sapevamo ancora quale, ma era come se il tempo si stesse comprimendo, come se tutto stesse convergendo verso il punto di non ritorno.

31 maggio: pomeriggio

Alle quattro del pomeriggio ho fatto qualcosa che non avrei mai pensato di fare: ho deciso di contattare una medium. Era una decisione nata dalla disperazione, dall'impossibilità di trovare risposte attraverso i mezzi convenzionali. Il sogno della notte precedente – Giulia nel giardino di pini – continuava a tormentarmi. Se lei mi aveva dato un indizio attraverso il sogno, forse c'erano altri messaggi che non riuscivo a cogliere.

Era stata una decisione che andava contro ogni logica, (soprattutto la mia, visto che sono estremamente razionale), lo sapevo, ma in quel momento, né la mia mente né la scienza, mia compagna giornaliera, sembravano sufficienti. Quando hai setacciato ogni strada possibile, quando hai esplorato ogni opzione razionale, l'irrazionale inizia a sembrare un'alternativa accettabile.

L'ho trovata su Google, questa medium. Durante la consultazione, mi ha detto che Giulia si trovava in un parco, che era in una condizione di pericolo, ma – e questo era ciò a cui volevo disperatamente credere – era ancora viva. Poi mi ha dato delle coordinate. I numeri che mi ha fornito erano incompleti, ma riuscivo a riconoscere che si trattava di coordinate settentrionali e seguendo quei numeri, io e i miei cugini siamo finiti in un parchetto di Senago.

E lì, per un istante che è sembrato eterno, il cuore mi si è fermato: c'era una ragazza, di spalle, che sembrava proprio Giulia. Ogni dettaglio corrispondeva: i capelli biondi, la figura slanciata ma minuta, la sua corporatura magrolina. Era lì, tra gli alberi, proprio come nel mio sogno e per qualche secondo ho davvero creduto che fosse lei. Poi si è girata. Era solo una studentessa che stava ripetendo per un esame.

Il momento di speranza si è infranto come vetro, lasciandomi con quel vuoto familiare che ormai conoscevo troppo bene. Era una tortura: quella ragazza vista di spalle era identica a Giulia, talmente simile che non potevo fare a meno di continuare a cercare nel parco, anche dopo aver scoperto che non era lei; una parte di me rifiutava categoricamente di accettare quella delusione, come se pensassi che la vera Giulia potesse essere nascosta da qualche altra parte tra quegli alberi.

Ovviamente non c'era. Ma non mi sono fermata: dopo aver setacciato ogni angolo di quel primo parco, mi sono spostata in un altro, il Campo da Baseball. Era come se quella ricerca estenuante fosse diventata una sorta di compulsione: un parco dopo l'altro, un posto dopo l'altro, spinta da una speranza che si rifiutava di morire. E quando sono arrivata al Campo da Baseball, ho capito che qualcosa stava cambiando. La polizia aveva portato i cani segugio, e le testate giornalistiche stavano già diffondendo la notizia: le forze dell'ordine si stavano concentrando in quella zona. Il rumore degli elicotteri che hanno iniziato a sorvolare i cieli di Senago era come un presagio sonoro: era chiaro che la storia stava volgendo al termine. C'era qualcosa di definitivo nell'aria, nel modo in cui tutto si stava concentrando in quel punto: i cani, gli elicotteri, i giornalisti che già sapevano.

La città di Senago, fino a quel momento così silenziosa nelle sue strade di provincia, era improvvisamente diventata l'epicentro di un'attività frenetica. Era come se il mondo dei media si fosse riversato tutto insieme su di noi. I telefoni hanno iniziato a squillare incessantemente: giornalisti che cercavano interviste, che volevano dichiarazioni. «Abbiamo saputo che si sta cercando al Campo da Baseball» dicevano. *Mattino 5* voleva una diretta tv. Era surreale come la nostra tragedia privata stesse diventando uno spettacolo pubblico in tempo reale e la privacy che i carabinieri avevano protetto con tanta cura nei giorni precedenti stesse iniziando a sgretolarsi. Non eravamo più solo una famiglia che cercava disperatamente una figlia e una sorella: stavamo diventando protagonisti involontari di un dramma che si stava consumando in diretta nazionale. Oramai tutti parlavano del Campo da Baseball come se fosse il punto focale della storia e i giornalisti si stavano ammassando lì, trasformando quel luogo in un circo mediatico. Non potevo, non volevo rimanere in quel posto, così ho fatto l'unica cosa che mi sembrava sensata in quel momento: sono andata in caserma per il mio appuntamento pomeridiano. Rigorosamente da sola perché non volevo filtri, non volevo che qualcuno mi addolcisse la verità, ma quando sono arrivata, ho trovato solo un soldato semplice che mi ha detto: «Non c'è nessuno oggi. Il comandante è dovuto andare a Milano».

Ho aspettato ugualmente. Un'ora, due ore. Il tempo sembrava non passare mai in quella caserma vuota. Nessuno si è presentato e alla fine, il soldato mi ha detto quelle parole che suonavano come un abbandono gentile: «Se vuole la faccio richiamare, ma magari lei può andare».

C'era qualcosa di strano in quell'assenza, in quel comandante improvvisamente chiamato a Milano, in quel «magari lei può andare». Era come se tutti sapessero qualcosa che io ancora ignoravo, come se stessero cercando di tenermi lontana da qualcosa che stava per succedere. In quel momento, seduta nella caserma vuota, non potevo ancora capire cosa e, nel frattempo, il caos stava crescendo intorno a me. I giornalisti avevano iniziato ad assediare la caserma, come avvoltoi che circondano la loro preda e io mi sentivo avvolta da un'oscurità opprimente: il comandante che non mi aveva ricevuto, quella pressione mediatica insopportabile, l'assedio dei giornalisti che era diventato quasi fisicamente tangibile. Guardando fuori, vedevo i reporter che parlavano con l'associazione Penelope, che si presumeva ci stesse aiutando. Era come se tutti stessero recitando una parte in uno spettacolo macabro, mentre io mi sentivo sempre più isolata, circondata da un buio metaforico che sembrava inghiottire ogni cosa.

Dopo due ore di attesa lì seduta aspettando non so nemmeno io cosa, l'ho sentito: il latrato dei cani. Non era il normale abbaiare che si sente per strada – questi erano veri e propri pianti canini – talmente tanti e talmente intensi che si sono impressi nella mia memoria come una cicatrice sonora.

Non potrò mai dimenticare quel suono: era come se quegli animali stessero dando voce a un dolore che noi umani non potevamo ancora esprimere.

I vigili del fuoco erano arrivati, aggiungendo le loro sirene a quella cacofonia straziante. L'intera scena era una caotica sinfonia: i giornalisti, i pompieri e, sopra tutti quei suoni, il latrato incessante dei cani che perforava l'aria. È stato quello a spezzare le mie ultime difese, a farmi finalmente crollare. Il carabiniere mi ha guardato, ha visto le lacrime che non riuscivo più a trattenere, e mi ha suggerito garbatamente di tornare a casa. C'era qualcosa nel suo tono di voce, una sorta di pietà preventiva, come se sapesse che quello che stava per succedere era troppo pesante da sopportare.

Non far vedere le crepe

L'auto con cui mi recavo in caserma era diventata troppo riconoscibile e, con tutti i giornalisti che stavano convergendo su Senago, non potevo rischiare di attirare l'attenzione. Ho preso una decisione: sarei tornata a piedi, usando un'uscita posteriore della caserma. Era una scelta dettata dalla necessità di mantenere quel poco di privacy che ci restava e mentre ero fuori, cercando di ricompormi, è arrivato un messaggio di mamma. Era preoccupata: ero uscita alle tre, i miei cugini erano già rientrati, ma io ancora non rincasavo.

«Fai una pausa» mi ha scritto, «torna a casa.» Ma non potevo, non così. Non ero mai tornata a casa piangendo in tutti quei giorni. Era come una regola non scritta che mi ero imposta: mantenere la compostezza, non far vedere le crepe. Anche nei momenti peggiori, ero sempre riuscita a trattenere le lacrime, lasciandomi andare solo quando ero sola. Ma ora, con quel latrato dei cani che ancora mi risuonava nelle orecchie, con tutta quella scena surreale intorno a me, era diverso. Così restavo fuori, vagando senza meta, cercando di riprendere il controllo. Non volevo assolutamente che la mia famiglia mi vedesse così, non volevo che vedessero che anche la mia speranza stava iniziando a vacillare. Era come se tornare a casa in lacrime significasse ammettere che qualcosa di irrimediabile era successo. E mentre a casa, i miei genitori avevano già accettato l'inaccettabile, io, vagando a piedi, continuavo a combattere contro quella realtà: «Ma perché l'avrebbero dovuta uccidere? Che motivo c'è di uccidere una ragazza incinta?».

Mi aggrappavo ancora alla logica, alla razionalità, come se l'assurdità di quel gesto potesse in qualche modo renderlo impossibile. Non ho mai risposto a quel messaggio di mamma e il mio silenzio le ha comunicato tutto quello che doveva sapere. E così, dopo poco, ecco un altro suo messaggio, gentile ma inesorabile: «Io lo so perché non torni. Non torni perché oggi lo sai e sei convinta che lei non ci sia più. Ma torna a casa, almeno siamo insieme».

Leggevo quel messaggio con difficoltà e ora lo so che avrei voluto risponderle: «Non torno ancora perché ho bisogno di tempo. Perché oggi ho capito che lei non c'è più». Era la prima volta che lo ammettevo, che davo voce a quella verità che tutti sembravano aver già accettato. Soffermarmi su quella frase di mia madre aveva spezzato l'ultima barriera di negazione che mi proteggeva dalla realtà.

Alla fine, sono tornata a casa, che altro avrei potuto fare? Era mercoledì, e c'era un appuntamento cruciale: la puntata di *Chi l'ha visto?* Non eravamo soli ad aspettare, le mie zie erano lì con noi, come una sorta di barriera protettiva contro quello che stavamo per scoprire. Poi è arrivata la notizia attraverso il programma: Alessandro era in fermo cautelativo e sullo schermo scorrevano le immagini di sua madre che apriva ai carabinieri la porta dell'appartamento in cui ha vissuto mia sorella. *Chi l'ha visto?* riferiva anche che lui era in città. In un impulso che ora mi sembra irrazionale, ho provato a chiamare il comandante, ma senza successo.

Era strano vedere quelle scene in televisione: la madre di Alessandro che permetteva l'accesso ai carabinieri, le stesse stanze che conoscevamo, tutto trasformato in uno spettacolo mediatico. La realtà che avevamo vissuto in privato stava diventando pubblica, trasmessa in diretta nazionale, mentre noi guardavamo impotenti la nostra tragedia famigliare trasformarsi in cronaca.

Demoralizzata dal silenzio del comandante che non rispondeva alle mie chiamate, ho fatto qualcosa di impulsivo: ho chiamato la madre di Alessandro. La rabbia, il dolore, tutto è esploso in quella telefonata: «Non ti fa schifo aver messo al mondo un assassino? Devi morire tu, dopo tuo figlio». Le parole sono uscite come proiettili, cariche di tutto il veleno che avevo accumulato. L'ho sentita piangere dall'altra parte del telefono. Non mi interessava e infatti ho proseguito: «Ora se vuoi fare qualcosa di utile devi passare il telefono al comandante dei carabinieri». Così, il comandante si è trovato costretto a intervenire, vedendo questa donna in lacrime al telefono.

«Ma chi è?» ha chiesto.

Il brigadiere, riconoscendo la mia voce, ha risposto: «È Chiara, ma ora la stacchiamo».

La loro intenzione di chiudere la chiamata ha fatto scattare in me una reazione immediata: ho fatto capire al comandante, senza mezzi termini, che se avessero osato interrompere quella telefonata, avrei scatenato una guerra dinanzi alla caserma dei carabinieri.

Non era una minaccia vuota – in quel momento ero pronta a tutto – carica di una rabbia e di una determinazione che non ammettevano compromessi.

La madre di Alessandro ha fatto da messaggera involontaria, riportando le mie parole al comandante: «Ha detto Chiara che se lei non risponde, scatenerà una guerra fuori dalla caserma dei carabinieri». A quel punto, con *Chi l'ha visto?* che trasmetteva in diretta le immagini della perquisizione, il comandante non poteva più ignorarmi. Ha preso il telefono. Era stato costretto a rispondere non solo dalla mia minaccia, ma anche dalla pressione mediatica che stava rendendo ogni movimento visibile a tutta Italia. La situazione era diventata troppo grande per essere gestita nel silenzio: non potevano più permettersi di tenermi all'oscuro.

Quando finalmente ho avuto il comandante al telefono, la mia voce era carica di una rabbia gelida, di un'ironia amara: «Lei mi aveva promesso che mi avrebbe chiamato se avesse avuto degli aggiornamenti, ma l'ho dovuto sapere dalla televisione che mia sorella è morta. Le faccio i complimenti per la sua indagine».

Quelle mie parole racchiudevano tutto: la delusione per una promessa non mantenuta, l'amarezza di aver dovuto scoprire la verità più terribile attraverso uno schermo televisivo.

In quel momento non era ancora di pubblico dominio, ma Alessandro era stato indagato per omicidio volontario. Era questo il motivo di tutti quei movimenti, degli elicotteri, dei cani, dei vigili del fuoco. Era questo che il comandante non mi aveva detto, che i carabinieri avevano cercato di nascondere: non stavano più cercando una persona scomparsa, stavano cercando il corpo di una vittima di omicidio. Giulia non era scomparsa, Giulia era morta e mentre io ancora mi aggrappavo alla speranza di trovarla viva, loro stavano già conducendo un'indagine per omicidio.

Mentre io immaginavo scenari in cui mia sorella si era allontanata volontariamente, loro sapevano che stavano cercando un corpo. Quei «complimenti» erano intrisi di un sarcasmo che mascherava un dolore indicibile.

La risposta del comandante?

«Adesso non posso risponderti, sono in servizio ma mi farò sentire io.»

E poi di nuovo il silenzio. Due ore interminabili di silenzio.

Una terribile coincidenza

Chi l'ha visto? era finito, lasciandoci in un vuoto ancora più profondo. L'Ansa aveva dato la notizia della morte, fredda, definitiva, nero su bianco. Era così che la fine di Giulia veniva comunicata al mondo: attraverso un lancio di agenzia, mentre noi, la sua famiglia, restavamo ancora in attesa di una chiamata, di una conferma ufficiale, di qualcuno che ci dicesse direttamente quello che ormai tutto il Paese sapeva. Quelle due ore sono state come un limbo e nessuno dei nostri amici o parenti osava chiamare, perché tutti sapevano che non era il momento di disturbare una famiglia nel mezzo di una tragedia. Tutti tranne Renato, un mio caro amico.

La sua chiamata è arrivata con evidente preoccupazione nella voce: «Guarda che l'Ansa ha dato una notizia e io sono troppo preoccupato, fammi sapere se è vero».

La mia reazione è stata immediata, impetuosa, un ultimo disperato tentativo di negare l'inevitabile: «Questa è una fake news!» ho gridato.

Ma le parole del titolo dell'Ansa erano lì, implacabili nella loro semplicità: «Giulia Tramontano trovata morta».

Era come se quella chiamata di Renato avesse reso tutto più reale. Fino a quel momento, la notizia dell'Ansa era solo parole su uno schermo, qualcosa che potevo ancora cercare di non vedere, di non accettare. Ma sentirla dalla voce di un amico, dover rispondere a quella domanda carica di preoccupazione, ha reso impossibile continuare a nascondermi dalla verità.

Mentre eravamo in quella casa pietrificati, mio fratello Mario ha deciso di andare a recuperare l'auto che era rimasta parcheggiata davanti alla caserma, un dettaglio apparentemente insignificante, ma che si sarebbe trasformato in un momento di terribile coincidenza. Quello di mio fratello era stato un gesto pratico, normale, in una serata che di normale non aveva più nulla. Ma il destino aveva in serbo una crudeltà in più:

il percorso per recuperare quell'auto l'ha portato proprio in via Monte Rosa nel momento esatto in cui i carabinieri stavano delimitando l'area con il nastro delle indagini.

Mio fratello si è trovato involontariamente testimone dell'inizio ufficiale delle indagini sulla morte di nostra sorella e c'era un dettaglio terribilmente ironico in tutta questa storia: nei giorni precedenti, Mario aveva passato ore a parlare con i carabinieri perché lui fa parte di un corpo armato, anche se differente dai carabinieri; perciò, avevano discusso approfonditamente di cosa significasse essere nelle forze dell'ordine, creando una sorta di relazione intima, quasi confidenziale. È stato grazie a quel tempo trascorso con loro che è riuscito a riconoscerli, anche se erano in borghese: era passata la mezzanotte quando mio fratello ha notato un uomo vicino ai box in via Monte Rosa riconoscendo in lui uno dei brigadieri della caserma. Senza nemmeno pensarci ha rallentato e si è fermato con la macchina, perplesso da quella presenza insolita a quell'ora della notte.

«Ma lei che sta facendo qua?» ha chiesto Mario, ignaro di tutto. Il brigadiere si rifiutava di rispondere, dando vita a un dialogo che sembrava uscito da un dramma del teatro dell'assurdo.

«Ma voi che state facendo?»

«No, ma lei che sta facendo?»

E, alla fine, mio fratello ha risposto: «Sono andato a recuperare la macchina».

E, all'improvviso, la scena è cambiata: sono arrivati gli uomini in tuta bianca, altri carabinieri in borghese si sono materializzati. In quel momento tutto è diventato terribilmente chiaro per mio fratello e la domanda è uscita dalla sua bocca come una crudele presa di coscienza: «Lei è qui perché in quel garage, in quella stradina c'è il corpo di mia sorella?». Ma quella frase non era più una domanda, era il momento in cui tutti i pezzi si sono uniti nella sua mente, in cui la verità si è fatta strada attraverso quella nebbia di strani comportamenti e risposte evasive. La risposta del brigadiere è arrivata, finalmente onesta nella sua brutalità: «Sì, fatti forza perché abbiamo trovato tua sorella».

In quel momento, in quella stradina buia, tra uomini in tuta bianca e carabinieri in borghese, mio fratello ha dovuto affrontare la verità che tutti stavamo cercando di evitare. La verità che si nascondeva in quella intercapedine, la verità che aveva trasformato una conversazione casuale in un momento che avrebbe segnato per sempre la nostra famiglia.

Due minuti dopo quella terribile conferma, il telefono ha squillato. Era mio fratello. Quel breve intervallo – appena centoventi secondi – gli era servito per trovare la forza di fare quella chiamata, di diventare il messaggero della notizia che nessun fratello dovrebbe mai dover dare.

Quei due minuti devono essere sembrati un'eternità per lui: il tempo di metabolizzare quello che aveva appena scoperto, di trovare le parole – se mai ce ne possano essere – per dire a sua sorella che avevano trovato il corpo della loro Giulia. Due minuti per passare dall'essere il fratello che sperava ancora, a quello che doveva confermare il peggiore dei nostri timori.

Le sue parole sono arrivate, semplici e devastanti nella loro finitudine: «È finita. Non lo dire a mamma e papà ma... Non c'è più. Hanno trovato il corpo di Giulia».

Non c'erano giri di parole, non c'erano modi gentili per ammorbidire il colpo. Solo quella verità nuda e cruda, consegnata con il peso di chi sa che sta infrangendo definitivamente l'ultimo brandello di speranza. La preoccupazione per i nostri genitori era ancora lì, in quel «non lo dire a mamma e papà», come se anche in quel momento terribile stesse cercando di proteggerli, di ritardare ancora un po' il momento in cui avrebbero dovuto affrontare quella realtà impossibile.

Una realtà insopportabile

Le mie zie erano già entrate nel residence e mamma era persa in un sonno artificiale che la teneva lontana, almeno temporaneamente, da questa realtà insopportabile. Ho deciso di dirlo prima a papà. Come si fa a trovare le parole per una cosa del genere? Gli ho detto semplicemente che era finita, che l'avevano trovata morta.

La reazione di papà è stata quella di un uomo che cerca disperatamente di mantenere il controllo attraverso i dettagli: domande su domande, incessanti, come se conoscere ogni particolare potesse in qualche modo rendere la situazione più gestibile, più reale, meno terrificante. «Dove è? Dove sta? Devo sapere che succede!» Le domande continuavano a uscire, una dopo l'altra, come se fermandosi avrebbe dovuto affrontare la verità in tutta la sua brutalità, anche se mio padre aveva previsto questo finale sin dall'inizio. Eppure, ora che la sua terribile previsione si era avverata, cercava rifugio nei dettagli, nei «dove» e nei «come», forse per ritardare il momento in cui avrebbe dovuto accettare davvero quella realtà.

«Non lo so» ho risposto alle sue domande incessanti, «però mi devi aiutare a dirlo alla mamma.» Era il momento che temevamo di più.

Abbiamo fatto sedere mamma sul letto, appoggiata ai cuscini. In un certo senso, è stata una benedizione che fosse sotto l'effetto dei tranquillanti che aveva preso per riuscire a dormire dopo giorni di insonnia. Era in uno stato di torpore, distaccata dalla realtà. Con papà accanto le ho detto che era finita. Non c'era un modo gentile per dirlo, non c'erano parole che potessero ammorbidire quel colpo. I sedativi hanno forse attutito l'impatto immediato della notizia, ma sapevamo che era solo un rinvio temporaneo del dolore che l'aspettava quando la sua mente sarebbe tornata completamente lucida.

«Che significa?» ha chiesto mamma, ancora tra la nebbia dei sedativi.

Le ho detto che l'avevano trovata, ma che non c'era più e in quel momento, ho fatto una promessa che veniva dal profondo del cuore: «Ti prometto che noi saremo sempre vicini. Perché io farò da due, da adesso che lei non c'è più».

La risposta di mamma è arrivata con una lucidità sorprendente, nonostante i sedativi: «L'hai già fatto, da due. Ma adesso è il tempo che anche tu ti lasci andare». In quelle parole c'era tutto l'amore e la comprensione di una madre che, anche nel momento più devastante della sua vita, riusciva ancora a preoccuparsi per me.

Fino a quel momento non avevo mai pianto davanti a loro. Mi ero tenuta forte, avevo mantenuto il controllo, come se le lacrime fossero un lusso che non potevo permettermi. Ma quelle parole di mamma, quel permesso di «lasciarmi andare», erano come se finalmente qualcuno mi stesse dicendo che potevo smettere di essere forte, che potevo essere semplicemente una sorella che aveva perso la sua Giulia. In quel momento ho realizzato pienamente il peso della situazione: dovevo essere forte per due persone la cui unica «colpa» era stata quella di mettere al mondo tre bambini e amarli incondizionatamente.

I miei genitori, che avevano dedicato la loro vita a crescerci, a darci tutto quello che potevano, si trovavano ad affrontare una tragedia immane, qualcosa che nessun genitore dovrebbe mai dover affrontare: la perdita di una figlia, e in un modo così violento, così insensato. La necessità di essere forte per loro era diventata quasi un istinto di sopravvivenza. Non era solo una questione di supporto emotivo, era come se dovessi in qualche modo compensare per questa terribile ingiustizia del destino, come se la mia forza potesse in qualche modo aiutarli a sopportare l'insopportabile.

All'improvviso, papà ha perso il controllo che aveva cercato di mantenere attraverso tutte quelle domande sui dettagli. Era come se la realtà della situazione lo avesse colpito in un solo momento devastante.

«Dov'è mia figlia? Io devo stare con lei, non la posso lasciare da sola!»

Le sue grida riempivano la casa, cariche di un dolore primordiale, quello di un padre che non può accettare di non poter più proteggere sua figlia. Era l'istinto paterno più basilare che emergeva: il bisogno di essere accanto a lei, di non lasciarla sola, anche se ormai era troppo tardi. Ho dovuto cercare di ragionare con lui, di farlo tornare alla realtà presente, per quanto dolorosa fosse.

«Non puoi andare là» gli dicevo, cercando di fargli capire che in quel momento c'era qualcuno che aveva bisogno di lui qui: la mamma. Non potevamo lasciarla da sola, non in quelle condizioni, non in quelle circostanze. Non ce l'avrebbe fatta.

Era come cercare di fermare una forza della natura: da una parte l'istinto di un padre che voleva correre dalla sua bambina, dall'altra la necessità pratica di proteggere chi era ancora qui, chi aveva ancora bisogno di lui. Dovevo essere la voce della ragione quando la ragione sembrava aver abbandonato il nostro mondo.

La scena che stavamo vivendo era caotica: i parenti erano tutti intorno a noi, ma erano devastati quanto noi, incapaci di reagire, di fare qualsiasi cosa di utile. Il loro dolore li aveva paralizzati e papà aveva iniziato a liberarsi fisicamente di chiunque cercasse di trattenerlo. Qualcuno aveva provato a fermarlo con la forza, ma lui rispondeva respingendo quelle mani, allontanando chiunque cercasse di toccarlo. Era come un animale ferito che lotta contro chi cerca di aiutarlo, troppo accecato dal dolore per distinguere tra pericolo e soccorso. In quel momento, però, ho realizzato che papà poteva ignorare la forza fisica degli altri, ma non avrebbe potuto ignorare il dolore di un'altra sua figlia. Ho lasciato finalmente crollare quel muro che avevo mantenuto per giorni, lasciando emergere tutta la disperazione che avevo trattenuto e ho iniziato a piangere, un pianto disperato, incontrollabile.

Mi sono aggrappata a lui, implorando: «Ti prego, non mi lasciare da sola, perché non so che cosa possa succedere».

Gli ho chiesto di rimanere per aiutarmi con mamma, che era come un fantasma, lo sguardo perso nel vuoto, completamente distaccata dalla realtà.

Era la prima volta che mostravo la mia vulnerabilità, che lasciavo cadere la maschera di forza che avevo indossato per così tanto tempo. Non era solo una strategia, era anche una liberazione, un momento in cui finalmente potevo essere anch'io una figlia che aveva bisogno di suo padre. Le mie lacrime erano vere quanto la mia paura di rimanere sola a gestire tutto quel dolore, quella situazione straziante.

Ma nonostante le mie lacrime, papà continuava a essere tormentato dal pensiero di Giulia, là da sola: «Io devo andare da lei, l'abbiamo lasciata da sola tutto questo tempo. Adesso non deve stare da sola!». Ho cercato di rassicurarlo, di dargli una ragione per restare: «Ma c'è Mario lì, non ti preoccupare, tu resta qui con me, non te ne andare, perché altrimenti non so come fare da sola».

Le mie parole erano un disperato tentativo di ancorarlo al presente, di ricordargli che c'era ancora una figlia che aveva bisogno di lui, qui e ora, ma era una conversazione impossibile: lui bloccato nel pensiero di una figlia che non poteva più proteggere, io che cercavo di convincerlo a proteggere chi era ancora qui.

Poco dopo che papà si era calmato, è arrivata la chiamata del comandante dei carabinieri. «Ti ho promesso che ti avrei richiamato» ha detto, «l'ho fatto e volevo chiederti se posso venire a casa per un caffè.» Era notte fonda. È stato il caffè più amaro della mia vita. Lì, in quelle ore piccole della notte, dopo che tutto il nostro mondo era crollato, dopo le urla di papà, le lacrime, la disperazione, un comandante dei carabinieri chiedeva di venire a bere un caffè.

Il caffè più amaro della mia vita

Quei dieci minuti tra la chiamata e il loro arrivo, perché il comandante non era da solo, sono sembrati sospesi nel tempo. Non era una semplice visita per un caffè: la formalità delle loro uniformi lo rendeva chiaro. Non era più il tempo delle mezze verità, delle attese, dei «forse» e quando hanno bussato alla porta, sono saliti il comandante della caserma di Senago e il maggiore della caserma di Milano, una donna. Si sono tolti i cappelli in un gesto che aveva qualcosa di antico, quasi sacro.

Le loro parole sono arrivate, pesanti e definitive: «Voi

siete dei genitori eccezionali, vostra figlia sarà sempre con voi, ma Giulia adesso non c'è più».

Era la conferma ufficiale che stavamo aspettando e quelle parole, pronunciate con i cappelli in mano, avevano il peso di secoli di tradizione militare, di protocolli pensati per momenti come questo, quando si deve comunicare l'incomunicabile.

La richiesta di papà è arrivata immediata, istintiva: voleva vederla, ma il maggiore ha dovuto negare anche questo ultimo desiderio di un padre.

Quando il maggiore ha detto che non era un'immagine che un padre dovrebbe vedere, la mia mente ha cercato di dare un senso a quelle parole. Nel mio tentativo di immaginare il peggio, ho pensato che forse l'avesse fatta a pezzi.

Ed è stato lì che mi è uscita, quasi involontariamente quella domanda: «È integra?».

Era come se la mia mente stesse cercando di tracciare i confini dell'orrore, di dargli una forma comprensibile. In quel momento, l'idea che potesse essere stata smembrata mi sembrava la cosa peggiore possibile. Non potevo immaginare che ci potesse essere qualcosa di ancora più terribile, che ci fossero orrori che andavano oltre la mia capacità di comprensione.

«Sì, è integra» ha risposto il maggiore, ma questo non ha fatto che alimentare la mia confusione, la mia necessità di capire.

«Perché non la posso vedere?» ho chiesto.

La sua risposta è arrivata, gentile ma ferma: «Perché quella sarebbe l'ultima immagine che tu avresti di tua sorella».

Per me c'era qualcosa di incomprensibile in quel divieto assoluto. Se era integra, se era ancora «intera», perché non potevamo vederla? Era come se ci stessero negando non solo l'ultimo saluto, ma anche la possibilità di dare un senso a quello che era successo. Non era una semplice raccomandazione – era un divieto categorico, definitivo. Non ci sarebbe mai stato concesso di vederla.

A quel punto mamma, con la voce tremante, ha fatto la domanda che temevamo tutti: «Ma le ha fatto del male, è sfregiata?».

A quel quesito così straziante, il maggiore ha lasciato cadere la maschera dell'ufficiale per rivelare la sua umanità: «Io sono una mamma e posso dire che non sono riuscita a vedere il corpo di sua figlia perché sono scoppiata in lacrime. Sono una mamma e sono anche una sorella».

Quelle parole hanno cambiato tutto. Non era più un maggiore dei carabinieri che parlava, ma una donna, una madre, una sorella che confessava la sua stessa incapacità di reggere quello che aveva visto. La sua ammissione personale, quel momento di vulnerabilità, diceva più di mille spiegazioni. Se lei, addestrata a gestire situazioni del genere, non era riuscita a mantenere la compostezza, cosa potevamo aspettarci noi? Era una confessione che andava oltre il protocollo, oltre il dovere. Era una donna che parlava ad altre donne, una madre che parlava a una madre, rivelando una verità troppo dolorosa per essere espressa.

In quel momento, tutta la rabbia che avevo accumulato è esplosa in una risposta tagliente: «Anche io ero una sorella e adesso non lo sono più».

Era una frase che conteneva tutto: il dolore, la rabbia, la devastante consapevolezza di quel «ero». Non c'erano più parole da aggiungere dopo quella dichiarazione e i carabinieri hanno capito che era il momento di andarsene. Se ne sono andati così come erano venuti, in silenzio, lasciandoci soli con una verità che era diventata ancora più insopportabile.

Quelle poche parole – «ero una sorella» – erano la mia prima ammissione pubblica di quello che avevo perso. Non era solo Giulia che non c'era più; anche la mia identità di sorella era stata tranciata.

La televisione aveva già iniziato a trasmettere la notizia, anche se erano le due di notte. Non credo ci fosse stata un'edizione speciale del telegiornale, ma i titoli scorrevano sullo schermo, rendendo tutto ancora più reale, più definitivo. La storia privata del nostro dolore stava diventando pubblica, consumata attraverso i titoli di cronaca che scorrevano nel cuore della notte. E poi, stranamente, ho dormito. Dopo giorni di veglia, di ricerche frenetiche, di speranze e paure, dopo la conferma del peggiore dei nostri timori, il mio corpo ha ceduto al sonno: una volta che la verità era stata finalmente pronunciata, una volta che non c'era più nulla da cercare, da sperare, da temere, il mio corpo si era finalmente permesso di arrendersi all'esaustione.

«Mamma, vado a letto» ho detto semplicemente, ma nella notte, ho udito papà. Piangeva come non l'avevo mai sentito prima, come un bambino.

Era il pianto di un padre che si sentiva colpevole, che si sentiva fallito nel suo compito più fondamentale: proteggere i suoi figli. Era un suono straziante, quel pianto notturno. Non era solo il dolore per la perdita di Giulia, era anche il peso della colpa che ogni padre si porta dentro, quella responsabilità ancestrale di dover essere il protettore della famiglia. Per lui, non essere riuscito a difendere sua figlia era più di un fallimento: era una ferita all'essenza stessa del suo essere padre.

Siamo andati a dormire alle due, per risvegliarci alle sei. Quattro ore di sonno, stretti l'una all'altro, io e mio fratello, aggrappati a quello che ci era rimasto: noi stessi. Era come se cercassimo di tenerci ancorati alla realtà attraverso quel contatto fisico, quel calore umano che ci ricordava che eravamo ancora vivi, ancora qui. I nostri genitori erano ridotti a polvere, svuotati di ogni energia, di ogni sostanza. Non c'era più niente di loro, come se il dolore li avesse consumati dall'interno, lasciando solo dei gusci vuoti. Erano diventati le ombre di loro stessi, incapaci di essere qualsiasi cosa in quel momento, se non contenitori di un dolore troppo grande. E in quelle quattro ore di sonno, abbracciati, io e mio fratello eravamo diventati tutto ciò che restava della nostra famiglia.

4
La bolla di Genova

La fuga da Milano

Il mattino dopo, mamma ha iniziato meccanicamente a fare le valigie per tornare a Napoli. Era come se volesse fuggire da quel luogo che le aveva portato via sua figlia, raccogliendo i pochi vestiti che avevano portato pensando di stare via solo qualche giorno. Erano venuti sperando di riportare Giulia a casa, ma stavano tornando senza di lei.

C'era una fila di macchine pronta a partire, composta da tutta quella famiglia allargata che era venuta a sostenerci nelle ricerche. Ma proprio mentre ci preparavamo ad andare, è arrivato l'invito del comune di Senago: avevano organizzato una fiaccolata, volevano che rimanessimo e in quel momento abbiamo capito che quel comune era diverso, speciale.

Il loro modo di gestire la situazione era perfetto: erano presenti ma mai invadenti, supportivi ma rispettosi del nostro dolore. Hanno mostrato una sensibilità rara, sa-

pendo esattamente come starci vicino senza soffocarci. Hanno messo la foto di Giulia nel parchetto, un gesto semplice ma significativo che ha trasformato uno spazio pubblico in un luogo di memoria.

La loro proposta della fiaccolata serale non era un'intrusione nel nostro dolore, ma un'offerta di condivisione, un modo per la comunità di dire «siamo qui con voi», perciò abbiamo deciso di rimanere. Volevamo partire quella sera stessa, tornare a casa, ma, fiaccolata a parte, i nostri zii da Napoli ci hanno fatto capire che sarebbe stato un errore. La situazione giù era un inferno.

La televisione mostrava scene che facevano ribrezzo: i giornalisti che assediavano il nostro palazzo, che salivano fino al quinto piano, che bussavano insistentemente ai parenti. La casa, che doveva essere la nostra consolazione, era diventata il centro di un circo mediatico e la mancanza di sensibilità dei media ha raggiunto il suo apice con mia zia di novant'anni, che viveva nell'appartamento al piano di sotto: ha dovuto scoprire della morte di sua nipote attraverso una news in televisione. Nessuna delicatezza, nessun riguardo per un'anziana che avrebbe avuto bisogno di ricevere una notizia così devastante in modo più umano, più gentile. Era questo il tipo di cose che stavano succedendo a Napoli: i media stavano calpestando ogni forma di rispetto, di dignità. Non c'era considerazione per l'età, per la fragilità, per il dolore: la ricerca della notizia aveva completamente oscurato ogni forma di compassione. Il palazzo in cui viveva la mia famiglia si era trasformato in una fortezza di solidarietà: tutti i vicini, come un unico corpo, avevano fatto muro contro i giornalisti, rifiutandosi categoricamente di rispondere alle loro domande. Però, in contrasto stridente con questa solidarietà, c'erano stati alcuni, né amici né veri conoscenti, che non avevano capito l'importanza di mantenere il silenzio. Si erano prestati alle interviste, non comprendendo quanto fosse cruciale tenere i giornalisti fuori da questa storia, quanto fosse importante proteggere la privacy di una famiglia devastata.

Quindi, dove andare? Lì non volevamo più stare, a Napoli era impossibile tornare... Genova! La cosa migliore era rifugiarci a Genova. La mattina del 1° giugno, quindi, prima di lasciare Milano in direzione Genova, abbiamo fatto due ultime visite. La prima è stata in caserma, per ringraziare. Era un momento di emozioni contrastanti: le ultime lacrime versate in quel luogo che era stato il centro delle nostre speranze e poi del nostro dolore, ma nonostante tutto, sentivamo il bisogno di esprimere gratitudine a chi aveva lavorato al caso.

Poi, papà e mio fratello hanno espresso il desiderio di portare un fiore in via Monte Rosa. Era un gesto semplice ma carico di significato: un ultimo omaggio, un modo per dire addio, per cercare di dare un senso a un viaggio che era iniziato con la speranza di riportare Giulia a casa e si concludeva in modo così diverso da come avevamo immaginato. Era il nostro modo di chiudere questo capitolo terribile; non era la conclusione che avevamo sperato quando eravamo partiti pochi giorni prima, ma era l'unica che potevamo avere, ora. La scena in via Monte Rosa è stata emblematica di come i media stessero violando ogni confine del dolore privato e non solo a Napoli: mentre mio fratello e mio padre cercavano di compiere un gesto intimo, le telecamere, puntate su Mario che depositava i fiori, li inseguivano spietatamente, trasformando un momento sacro in uno spettacolo pubblico. Mentre uscivano dall'intercapedine del muro, un giornalista ha avuto persino l'audacia di avvicinarsi a mio fratello: «Mario, un commento?». La risposta di Mario è stata secca, definitiva: «Se ne può andare». Quattro parole che contenevano tutto il disgusto per questa invasione, per questa mancanza di rispetto verso il nostro dolore.

Ciò che è successo dopo rivela molto del tipo di educazione che ci è stata impartita: papà, nonostante tutto il dolore che stava vivendo, ha fermato Mario e lo ha costretto a scusarsi. Mio padre ha rimproverato Mario come avrebbe fatto in un giorno qualunque: «Giovanotto, ma che modo di comportarsi è questo? Stanno facendo il loro lavoro». Era qualcosa di incredibilmente significativo: nel mezzo della tragedia più grande della nostra vita, con il cuore a pezzi e l'anima devastata, papà non ha permesso che il dolore cancellasse i principi e l'educazione che ci aveva sempre insegnato. Anche in quel momento terribile, anche di fronte a quei giornalisti che stavano invadendo il nostro dolore più intimo, ha insistito sul rispetto e sulla buona educazione. Ci stava dicendo che il nostro dolore, per quanto immenso, non poteva essere una scusa per dimenticare chi fossimo, i valori che ci erano stati insegnati.

Con un dolore straziante nel cuore ci siamo messi in macchina, ma brancolavamo ancora nel buio riguardo la morte di Giulia: non avevamo idea di come fosse successo, di cosa avesse dovuto affrontare nei suoi ultimi momenti. C'era questa speranza, questa convinzione che l'avremmo rivista dopo l'autopsia – dal momento che ora non volevano farci vedere il corpo – come se quel momento potesse darci un'ultima possibilità di dirle addio. Ma questa cosa non è mai successa.

Solo col tempo, attraverso i risultati dell'autopsia, ho iniziato a ricostruire le sue ultime ore, a mettere insieme i pezzi di quel puzzle terribile, ma in quei primi momenti, c'era solo l'incertezza, il non sapere. E il silenzio delle autorità, – per me all'epoca incomprensibile – aveva un motivo che abbiamo compreso solo dopo: nessuno voleva o poteva dirci la verità completa. Non c'erano risposte alle nostre domande, perché la realtà era troppo orribile da comunicare. Il corpo di Giulia era stato bruciato, e questo spiegava il rifiuto categorico di farci vedere la salma, la reticenza nelle risposte, quei «no» che sembravano così crudeli sul momento.

Più avanti ho ricostruito i dettagli, pezzo per pezzo: i capelli che non c'erano più, i piedi completamente bruciati, parte delle orecchie mancanti, le unghie cadute nel primo tentativo di bruciare il corpo. Erano dettagli che nessuno aveva il coraggio di dirci direttamente, verità troppo pesanti da comunicare a una famiglia già devastata dal dolore. Era questo il motivo per cui il maggiore aveva pianto quando aveva visto il corpo, era questo il motivo per cui i carabinieri erano stati così protettivi nel tenerci lontani. Non era solo per preservare le prove, era per proteggere la nostra memoria di Giulia, per evitare che l'ultima immagine che avremmo avuto di lei fosse proprio quella. Per questo, oggi ringrazio le autorità, perché l'ultimo ricordo nitido di mia sorella risale al 6 maggio. Quello è stato l'ultimo giorno in cui l'abbiamo vista.

Era un weekend speciale: eravamo tutti riuniti a Napoli, la famiglia al completo, per un momento che doveva essere di pura gioia; avevamo finito il corredino per Thiago. Il 4, 5 e 6 maggio, tre giorni di normalità, di preparativi felici, di attesa gioiosa. Per fortuna, questa è l'ultima istantanea che ci è rimasta di lei: Giulia a casa, circondata dalla sua famiglia, mentre preparavamo tutto per l'arrivo di suo figlio. Non le foto dei giornali, non i titoli dei telegiornali, ma questi momenti di felicità domestica, di aspettative, di progetti futuri. Non sapevamo che sarebbero stati gli ultimi momenti insieme, che quelle immagini sarebbero diventate così preziose, così dolorosamente significative.

I giorni del silenzio

Arrivati a Genova abbiamo trascorso le successive due settimane circa nel mio appartamento. Era uno spazio modesto ma accogliente: ottanta metri quadri in totale, con due camere da letto, un bagno e la cucina. Il nostro rifugio temporaneo. Era strano vedere quello spazio, normalmente sufficiente per la vita quotidiana, improvvisamente riempito dal peso del nostro dolore collettivo. Quei pochi metri quadri, che prima mi sembravano adeguati, ora dovevano contenere non solo le persone ma anche il vuoto immenso che Giulia aveva lasciato.

Quando siamo arrivati all'appartamento, abbiamo trovato un gesto di cura che ci ha toccato profondamente: i miei colleghi e amici dell'Istituto italiano di tecnologia avevano fatto la spesa per noi. E quello era il primo contatto con il mondo esterno dopo giorni passati esclusivamente con i famigliari, chiusi nel nostro dolore privato. Era un gesto semplice, ma rappresentava qualcosa di più grande: la prima mano tesa dal mondo esterno, il primo ponte tra il nostro dolore privato e la vita che in qualche modo doveva continuare, perché fino a quel momento eravamo stati circondati solo dalla famiglia, immersi completamente nel nostro lutto.

Il mio quartiere a Genova era un piccolo dono in quel momento difficile: una zona bellissima, piena di alberi, vicina al centro e a volte riuscivo a convincere i miei genitori a uscire per una passeggiata.

Ho ancora una foto di quei giorni: loro due che camminano mano nella mano su una delle colline genovesi, un'immagine che cattura sia il loro dolore sia il loro legame indissolubile. Quelle passeggiate erano come piccole pause dalla sofferenza, momenti in cui l'aria fresca e il verde degli alberi offrivano un minimo di sollievo.

I viali alberati, le strade che salivano dolcemente verso l'alto della città, diventavano un modo per riprendere contatto con il mondo, per ricordare che esisteva ancora la bellezza, anche se in quel momento ci sembrava impossibile apprezzarla pienamente. Forse, non l'avremmo apprezzata mai più.

Vivevamo in una specie di bolla protettiva, con rare incursioni nel mondo esterno, se non quelle dei miei amici. La spesa al supermercato diventava una sorta di missione: di solito andavamo noi ragazzi, io o Mario con lo scooter. Era più semplice così, più anonimo. A volte però ci andavamo anche con i nostri genitori e qualcuno riconosceva mamma, ma la differenza culturale ci proteggeva: al Nord le persone sono più discrete. Anche quando la riconoscevano – e succedeva solo se la guardavano con particolare attenzione – mantenevano una distanza rispettosa. Non c'erano le invasioni di privacy che avevamo temuto, solo sguardi silenziosi di compartecipazione e l'Istituto italiano di tecnologia si è rivelato un alleato prezioso in questa situazione: hanno creato uno schermo mediatico perfetto intorno a me. Avevano un ufficio stampa professionale e, con il diritto di proteggere i propri dipendenti, hanno gestito brillantemente la pressione dei media. E anche se i giornalisti si appostavano all'Istituto, chiamavano in continuazione, cercavano informazioni, l'ufficio comunicazioni manteneva una linea ferma: negava sistematicamente la mia presenza. Era una protezione totale, professionale, che mi ha permesso di mantenere quel minimo di privacy di cui avevamo così disperatamente bisogno.

Proprio grazie a questo scudo mediatico, nessuno sapeva che ero a Genova e questo ci ha anche aiutato nel nostro processo di elaborazione: quella bolla di isolamento ci aveva concesso lo spazio necessario per iniziare a realizzare veramente quello che era successo.

Quando sei circondato da tante persone, da parenti, da amici, da giornalisti, il dolore rimane in qualche modo astratto, come se non fosse del tutto reale, ma lì, in quegli ottanta metri quadri, con solo noi stessi come compagnia, la realtà ha iniziato a farsi strada nelle nostre coscienze.

Non c'erano distrazioni, non c'erano altre voci oltre alle nostre, non c'era il rumore del mondo esterno a coprire i nostri pensieri. Era uno spazio di elaborazione privata, intima, necessaria e il dolore ha iniziato a prendere forma, a diventare tangibile: era nostro, solo nostro, perché eravamo solo noi quattro; io, mamma, papà e mio fratello.

È lì che abbiamo dovuto iniziare ad affrontare i dettagli più dolorosi della nostra nuova realtà e a compiere gesti quotidiani che improvvisamente diventavano monumentali nella loro crudeltà: imparare a mettere quattro piatti a tavola invece di cinque, fare la spesa per quattro persone, non per cinque. Erano soprattutto questi piccoli cambiamenti che rendevano la perdita più tangibile, più reale. Ogni volta che apparecchiavamo la tavola, ogni volta che riempivamo il carrello della spesa, c'era quel calcolo automatico che doveva essere corretto e ogni numero sbagliato era come un piccolo taglio che riapriva la ferita.

Il ritorno a Napoli di Giulia e Thiago

Mentre cercavamo di elaborare il dolore, c'era tutto un lato pratico e amministrativo da gestire. L'avvocato era diventato un punto di riferimento per ogni cosa. Ci ha aiutato con il funerale e il trasferimento della salma, che si è rivelato particolarmente complicato ed è stata una scoperta amara: lo Stato non ne copre le spese. Era un'altra di quelle realtà crude con cui dovevamo fare i conti, un altro aspetto da dover gestire che si aggiungeva al peso del nostro dolore.

A questo, si aggiungeva una terribile complessità burocratica che riguardava Giulia e Thiago: se durante l'autopsia avessero estratto Thiago dal grembo di Giulia, sarebbero stati considerati due corpi separati e questo avrebbe significato dover pagare per due bare, due trasporti. Per lo Stato italiano però, si trattava di un solo omicidio, e questa è stata in qualche modo una «fortuna» dal punto di vista pratico: ci è stato concesso di considerarli come un unico corpo, quindi una sola bara, un solo trasporto.

Quando siamo arrivati a Genova, ho scoperto che Rosalia, aiutata da una mia collega e amica, Giulia, avevano avviato una raccolta fondi in memoria di mia sorella e delle vittime di femminicidio. La risposta alla raccolta fondi è stata incredibilmente rapida, ma al tempo stesso dolorosa. In sole due ore abbiamo raggiunto quasi 1000 donazioni, ma altrettante offese, insulti, umiliazioni e accuse di fare della morte di mia sorella un motivo di lucro. Mentre sedevo in cucina e leggevo i commenti dei leoni da tastiera, mi ero convinta che la raccolta fondi dovesse terminare nell'immediato per non esporre me e i miei famigliari a un ulteriore dolore. L'ufficio stampa in IIT era stato sommerso di messaggi di cattiveria, di critiche, di accuse.

Era un'altra dimostrazione di come anche un gesto di pura solidarietà potesse trasformarsi in qualcosa di controverso sotto i riflettori dei media e dei social. La pubblicazione della raccolta fondi su Twitter ha avuto conseguenze che non avevamo previsto: l'intera comunità scientifica ha reagito, e improvvisamente tutto il mondo della ricerca nel mio campo ha scoperto che ero la sorella di Giulia.

Questa esposizione improvvisa nel mondo accademico italiano ha avuto un impatto profondo sulla mia vita professionale. Non potevo più essere solo una ricercatrice – ero diventata «la sorella di Giulia». È stato questo uno dei motivi principali che mi ha spinto a lasciare l'Italia: la necessità di ritrovare uno spazio dove potessi essere di nuovo solo me stessa, dove la mia identità professionale non fosse oscurata da questa tragedia.

Il viaggio di Giulia verso casa, in una fredda cassa metallica, è stato complesso: l'agenzia funebre doveva venire da Napoli, prendere la salma, e poi tornare indietro. Sì, c'era stata un'altra opzione di trasporto che, ironicamente, sarebbe stata meno costosa: l'elicottero o l'aereo, ma questa possibilità era stata esclusa per ragioni legate alle indagini. Il trasporto aereo richiede un trattamento speciale del corpo per la conservazione, a causa della depressurizzazione durante l'atterraggio e non potevamo permettere nessun tipo di alterazione del corpo di Giulia. C'era la possibilità che fosse necessaria un'esumazione durante il processo, e ogni modifica al corpo avrebbe potuto compromettere potenziali prove. Così siamo stati costretti a scegliere l'opzione trasporto via terra: l'ennesimo esempio di come ogni decisione, anche la più pratica, dovesse tenere conto delle necessità delle indagini, di come il processo di giustizia influenzasse ogni aspetto di questa tragedia, persino il modo in cui potevamo riportare Giulia a casa.

C'era anche un ulteriore dolore da affrontare: non poter rispettare l'ultimo desiderio di mia sorella. Lei aveva sempre espresso chiaramente la volontà di essere cremata. Era qualcosa di cui aveva parlato apertamente, una decisione che condivideva con mamma, che aveva lo stesso desiderio.

Mamma aveva persino pianificato i dettagli: «Io voglio essere cremata e quando mi cremerete dovete fare tre barattolini: uno per te, uno per Chiara, uno per Mario».

Giulia rispondeva sempre con quella leggerezza tipica dei figli che non possono immaginare di perdere i genitori: «Mamma, non ti preoccupare, noi ci penseremo a quando devi essere cremata, ma tra cento anni».

Quel dialogo è diventato uno dei tanti pesi che mamma porta: l'ironia crudele di aver parlato con sua figlia della propria cremazione, di aver condiviso questo desiderio, solo per poi dover essere lei a seppellire quella stessa figlia.

Quindi, le esigenze delle indagini ci hanno costretto a seppellirla e l'11 giugno è arrivata finalmente la notizia che l'autopsia era conclusa: potevamo tornare a casa. Non c'è stata esitazione: abbiamo fatto le valigie e ci siamo messi in viaggio nella notte da Genova a Napoli. Il funerale sarebbe stato il giorno dopo, il 12 giugno, tutto organizzato a distanza mentre eravamo ancora a Genova. Era uno strano contrasto: mentre noi attraversavamo l'Italia nel buio della notte, a Napoli si stavano completando gli ultimi preparativi per il funerale, organizzato attraverso telefonate e messaggi.

La bolla protettiva stava per scoppiare: stavamo tornando nella realtà di una città che ci aspettava per dare l'ultimo saluto a Giulia, ma in quegli ultimi frangenti a Genova mi sono trovata a dover fare delle scelte che nessuno dovrebbe mai dover fare per una sorella: ho dovuto scegliere la bara perché mamma e papà non ne avevano la forza. Ho optato per una in legno d'acero, un colore chiaro. Ricordo il ragionamento che abbiamo fatto: le bare scure sono per i vecchi. Giulia era giovane, non potevamo metterla in qualcosa di così cupo. La discussione sul colore della bara, che ora sembra surreale, è poi proseguita: avevamo considerato anche il bianco, ma poi l'avevamo scartato. «Nessuno mette una donna incinta in una bara bianca» ci eravamo detti. Era sembrato ridicolo, inappropriato. Il bianco – il colore tradizionale dell'innocenza, delle spose, dei battesimi – sembrava inadeguato per Giulia. Lei non era solo una giovane donna, era una futura madre e la sua bara doveva in qualche modo riflettere questa doppia identità, questa duplice perdita. Così, l'acero chiaro era sembrato un compromesso: né il cupo delle bare per gli anziani, né il bianco che sembrava negare la sua maturità, la sua maternità interrotta.

Era una di quelle decisioni che ti fanno rendere conto di quanto sia complesso il lutto, di come ogni scelta, anche la più apparentemente semplice come il colore di una bara, porti con sé significati e considerazioni che non avresti mai immaginato di dover affrontare.

5
L'ultimo viaggio

A casa

Siamo arrivati a Napoli verso le tre di notte e, dopo aver parcheggiato sotto casa, abbiamo trovato qualcosa di inaspettato ma tipicamente della mia terra: i vicini erano svegli, in attesa del nostro ritorno. Siamo saliti al quinto piano della nostra palazzina e la nostra vicina Miriam insieme a zia Lucia erano sul pianerottolo ad aspettarci.

Il nostro appartamento ci attendeva come un abbraccio preparato con cura: avevano pensato a tutto. Dopo venti giorni di chiusura, l'avevano pulito e il frigorifero era stato riempito. Si sono presi cura di ogni dettaglio pratico: hanno preso le nostre valigie, hanno accompagnato mamma a letto cercando di rendere meno doloroso possibile questo rientro. E io… io ho fatto una cosa che era forse un modo per sentirmi più vicina a Giulia: ho dormito nel suo letto, nella nostra camera.

La camera che una volta condividevamo si è ora trasformata in qualcosa di diverso: è diventata il museo di

Giulia. Il suo letto non è più un letto, ma lo spazio sacro dei ricordi. Mamma ha creato una parete intera di fotografie di mia sorella, un mosaico di momenti della sua vita che ora ricopre il muro come un grande abbraccio visivo e il letto è diventato il custode di tutti i segni d'affetto che le persone hanno mandato: pupazzi, oggetti, ricordi. Non c'è più spazio per nient'altro: ogni centimetro è occupato da qualcosa che parla di lei, che la ricorda, che la tiene presente. Quel letto è diventato un altare, un luogo dove il dolore si è trasformato in memoria tangibile.

Quella prima notte a casa è stata difficile. Tra i mille pensieri che attraversavano la mia mente, ce n'era uno specifico: avevamo fatto una richiesta alla comunità, volevamo un funerale privato, intimo. Era un ultimo tentativo di proteggere questo momento di dolore, di mantenerlo all'interno della cerchia più stretta.

Poi finalmente mi sono addormentata un po' e in quelle poche ore di sonno ho sognato proprio Giulia: era seduta sul bracciolo del divano di pelle color panna a casa mia, indossava dei leggings neri. Era così vivida, così reale nella sua normalità quotidiana e mi guardava con un'espressione tra il perplesso e il divertito, come se tutto quello che stava succedendo le sembrasse esagerato: «Ma che state facendo? Che cos'è tutto questo caos?». Nel sogno mi sono trovata a dirle la verità più assurda possibile: stavo organizzando il suo funerale. Lei invece, rideva di tutta la situazione: mi diceva che era uno scherzo, che aveva solo finto di essere scomparsa ma che in realtà non se n'era mai andata davvero. Trovava ridicola l'idea del funerale, della tomba, di tutto questo trambusto che stavamo organizzando per lei e continuava a ridere di me e di tutti questi preparativi che stavamo facendo. Non sono sicura se nel sogno avesse ancora il pancione o no – quel dettaglio è sfumato nella memoria – ma quello che ricordo con assoluta chiarezza è la sua serenità: era in pace, tranquilla.

È stato un sogno paradossale: nonostante la mia mente avesse tutte le informazioni per creare incubi terribili, avendo letto la sua autopsia, il mio cervello ha ricostruito nei minimi dettagli la Giulia di sempre. È come se il mio inconscio avesse scelto di proteggermi, di mostrarmi Giulia come era prima, non come l'autopsia l'ha descritta.

Il giorno dopo la realtà si è rivelata molto diversa da quello che avevamo immaginato, perché la partecipazione al funerale è stata incredibile, ben oltre ogni nostra aspettativa: Giulia aveva toccato il cuore di tante persone e la sua storia aveva colpito l'intera comunità.

La bara in legno d'acero

Quella mattina, al funerale, abbiamo fatto un ultimo tentativo di mantenere un po' di quella privacy che desideravamo così tanto: abbiamo posizionato due cugini all'esterno della chiesa come una sorta di filtro discreto. Il loro compito era delicato, dovevano assicurarsi che solo amici, colleghi e parenti potessero entrare. Era un modo per creare un confine, per proteggere questo momento dalla curiosità dei semplici spettatori.

Non lo nego, è stata una decisione difficile da attuare, ma era necessaria: volevamo che chi fosse presente avesse davvero conosciuto Giulia, avesse fatto parte della sua vita in qualche modo e i nostri cugini si sono trovati nel ruolo complicato di decidere chi aveva diritto di essere lì e chi era spinto solo dalla curiosità. Purtroppo solo dopo abbiamo scoperto che molte persone che avrebbero dovuto essere presenti erano rimaste fuori. I miei cugini, non conoscendo tutti i cerchi sociali più recenti, avevano involontariamente escluso persone importanti: i miei colleghi di dottorato del Consiglio nazionale delle ricerche, amici di Napoli, persone che facevano parte di nuovi gruppi che loro non conoscevano. Ma, nonostante le persone rimaste fuori, la chiesa era stracolma, non c'era più un posto libero.

Infine è arrivato il momento che temevamo tutti: l'ingresso della bara.

È stato devastante. C'era una parte di me che voleva guardarla, che voleva aprirla, vedere Giulia un'ultima volta, ma sapevo che sarebbe stato un errore, che quell'immagine mi avrebbe perseguitato per sempre, che avrebbe rovinato la mia vita.

Era uno di quei momenti in cui devi lottare contro i tuoi stessi impulsi, contro quel desiderio viscerale di un ultimo sguardo, un ultimo contatto. Ma la ragione doveva prevalere sull'istinto: volevo preservare i ricordi di Giulia viva, sorridente e non sostituirli con un'ultima immagine che avrebbe cancellato tutte le altre. Tutt'oggi, se volessi, ci sarebbe un modo per ritornare a quel momento tremendo, forse per esorcizzarlo una volta per tutte e soddisfare la mia curiosità: potrei richiedere gli scatti dell'autopsia. Sia le fotografie di mia sorella, sia quelle di Thiago. Ma perché farlo e rovinarmi la vita ancora di più?

Durante il processo, c'è stato un momento particolarmente difficile, ovvero quando hanno parlato di mostrare la foto di Thiago. L'avvocato ci aveva riferito che era un bambino perfettamente formato, bellissimo, con anche i capelli. Durante l'ultimo giorno del processo, quando si avvicinava il momento della condanna, gli inquirenti hanno sollevato la delicata questione delle fotografie: se visionarle, o meno. Inizialmente, per sensibilità, ci avevano invitati a uscire dall'aula mentre le avrebbero mostrate. Noi avevamo deciso di rimanere, ma volevamo che Mario uscisse (essendo diventato padre, vedere quelle immagini sarebbe stato troppo pesante). Alla fine, è stato il giudice a prendere una decisione che ha dimostrato grande umanità: ha stabilito che mostrare quelle immagini non sarebbe stato rispettoso. Ma la possibilità di prenderne visione mi tortura: sapere che esistono, che, se solo volessi, potrei vederle, è ancora oggi un pensiero infernale.

La bara in legno d'acero che avevamo scelto con tanta cura era lì, al centro della chiesa gremita, e conteneva non solo Giulia, ma anche tutti i «se» e i «ma» che ci avrebbero tormentato per sempre. Il momento più straziante del funerale è stato vedere mamma abbracciare la bara, immobile, per quaranta minuti, incapace di staccarsene, come se quel legno d'acero fosse l'ultimo punto di contatto con sua figlia.

Mia cugina aveva posizionato una grande foto di Giulia, e guardando quella immagine, la mia famiglia radunata intorno alla bara, avrei voluto che nessuno dei miei cari fosse lì. Mi sono ritrovata a chiedermi: «Perché noi?», ma non era solo una domanda sul destino di Giulia, era una domanda su tutti noi, sulla nostra famiglia che ora doveva affrontare questa vita infernale. Vedere i miei genitori aggrappati alla bara, osservare quella grande foto di Giulia e tutti i nostri cari devastati dal dolore era davvero troppo da sopportare.

La lettera d'addio

In mezzo a tutto quel dolore, a quella chiesa stracolma, è arrivato il momento in cui ho letto una lettera scritta proprio da me. Era uno di quei gesti che sembravano quasi impossibili: trovare le parole, la voce, la forza di parlare in un momento del genere. La lettera era il mio ultimo modo di parlare a Giulia, di raccontare di lei, di immaginare il mio nipotino, di dare voce a tutto quello che stavamo provando, ed era un compito enorme: trasformare in parole un dolore che sembrava al di là di ogni possibile espressione e io l'ho fatto con tutta la forza che mi restava:

Cara Giulia,
è difficile per me stare qui oggi e trovare le parole giuste. Mi sento incredibilmente vuota. Solo il dolore

della tua perdita mi fa sentire che il mio cuore batte ancora. E che agonia. Sapere di essere rimasti qui senza te e Thiago, ergastolani del tempo e del dolore, barcollanti nel buio del futuro e impauriti di non ritrovare la strada.
E tu, dove sei? E lui? Che viso ha Thiago? Ti sorride? Piange?
Io vi immagino così: guancia a guancia, stesi su un prato di tulipani, lui che li raccoglie e tu che ti arrabbi. E d'un tratto vi voltate verso di noi sorridendo. Ma, forse, questa è solo un'illusione che ci sottrae per un attimo alla realtà, dove il tempo scorre inesorabile, il sole soccombe alle nubi e perfino il mare ha perso la forza di infrangersi sugli scogli. Questo è il triste ritratto che si raffigura davanti ai miei occhi se penso a una vita senza voi.
Eppure, Giulia, prima di quel maledetto giorno, tu hai saputo regalarci la più grande delle gioie. Con la notizia dell'arrivo di Thiago, mamma e papà hanno conosciuto l'incontenibile felicità di diventare nonni, io e Mario di essere chiamati zii, la nonna di essere bisnonna, gli zii e i cugini prozii… e pure il Napoli di vincere lo scudetto. Sì, perché per noi quest'anno non è stata la mano di Diego, ma la mano di Thiago ad alzare quella coppa. Quella stessa mano che abbiamo visto per l'ultima volta nell'ecografia, chiusa in un pugno, sollevata in alto a dire: «Sto arrivando e stravolgerò le vostre vite». Io, che più di ogni altra cosa desideravo un maschietto come nipote, stavo imparando a convivere con l'amore che mi esplodeva nel petto. Un amore che tiene il cuore stretto in una morsa, ti toglie il fiato, smorza le parole, ma che urlava di voglia di conoscerti. Thiago, cosa daremmo per vedere il tuo viso… saresti nato a luglio, un

leone come me, ma con la sconfinata sensibilità della tua mamma Giulia. Saresti stato coraggioso e forte come nonno Franco, ironico e socievole come nonna Loredana, gioioso come zio Mario. Amato e protetto da tutti noi, che vivevamo in funzione della tua nascita e contavamo i giorni che mancavano al nostro primo incontro.

Ma tu, Giulia, non sei solo la mamma di Thiago. Sei stata, sei e sarai sempre una donna premurosa, attenta ai bisogni degli altri prima dei tuoi, inguaribile sognatrice e agguerrita contro la vita. Hai lasciato casa e il meridione per garantire a te stessa piena indipendenza, una solida carriera e una vita migliore. E chi più di me poteva capirti? Entrambe lontane da casa, ma vicine col cuore. Ti prendevo in giro e dicevo: «Giulia, tu hai sempre un problema. Ma io ho sempre la soluzione». Eccetto questa volta, perché eravamo troppo umani per avere la forza di sconfiggere il male.

Giulia, in questi incredibili ventinove anni hai affrontato mille difficoltà, sei caduta e ti sei rialzata, ti sei demoralizzata e poi rasserenata, hai pianto, inveito, odiato, amato, e gioito. Mamma e papà ti hanno sempre guardato da lontano, non senza timore, non senza preoccupazione, ma con il desiderio fermo di non essere invadenti e lasciarti vivere. Quel desiderio che ora ci fa chiedere: e se avessimo fatto di più? E se avessimo scelto noi per lei? E no, Giulia. Io lo so che non potevamo fare di più, perché non avresti lasciato che nessuno ti tarpasse le ali, accorciasse le tue piume dorate, troncasse il vostro volo. E così tu sei diventata il martire in questa storia atroce. Il tuo nome risuonerà nel tempo e tra le mura del mondo e ricorderà all'uomo di saper lasciare andare, rispetta-

re, proteggere, custodire, accudire, o semplicemente amare.
Ora, Giulia e Thiago, voltatevi allo specchio e ammirate il vostro capolavoro: quanti cuori avete portato vicino in questi giorni, quanti sconosciuti si prendono per mano grazie a voi, quante storie si intrecciano nella vostra, quanti bimbi mai nati non sono più soli, quante donne hanno trovato il coraggio di cambiare vita. Grazie a voi e al vostro sacrificio. E non stancarti mai, Giulia, di essere fiera di te, di guardarti con ammirazione, di compiacerti della causa che hai abbracciato, seppur involontariamente, con la tua morte.
E ora, su, distendete queste ali, seguite il sole e volate lontano da questo mondo che non vi ha meritati. Ma non dimenticate di lasciare una piccola traccia lungo la strada, così che noi sapremo sempre dove raggiungervi. Con l'amore eterno, smisurato e insaziabile che solo io, Mario, mamma e papà conosciamo, vi auguriamo buon viaggio. E come diceva mamma: «Scrivimi quando arrivi».

Chiara

Dopo aver letto la lettera, il vescovo della diocesi di Aversa, che non aveva mascherato le sue lacrime, ha cercato di rispondere alla mia domanda: perché proprio a noi, che siamo troppo umani per sconfiggere il male? «Perché sappiamo amare, e solo l'amore sconfigge e trionfa sul male» ha aggiunto.

Era una spiegazione che cercava di dare un senso all'insensato, di trovare un significato in quella tragedia immane. Era come se stesse cercando di dirci che il nostro modo di essere famiglia, questa capacità di amare così profondamente, fosse sia la ragione del nostro dolore più grande sia la forza che ci avrebbe permesso di sopportarlo. Probabilmente è questo che vedeva nelle lacrime di mamma aggrappata alla bara, nella dignità di papà, nel nostro modo di stare uniti anche nel dolore più straziante.

Lo dico sempre: di fronte a una grande tragedia, una famiglia può prendere solo due strade, o si separa o si unisce ancora di più. Non ci sono vie di mezzo. La nostra famiglia aveva già attraversato tante guerre, tante difficoltà: conoscevo bene il prezzo di mantenere un nucleo famigliare unito, i sacrifici che richiede. E in qualche modo, Giulia, anche nella sua assenza, ha fatto quello che aveva sempre fatto in vita: ci ha uniti ancora di più. Non avrebbe potuto essere altrimenti. Il suo modo di amare la famiglia continua ad agire, consolidando quei legami che erano già stati temprati da tante battaglie precedenti. Attraverso tutto questo dolore, mia sorella ha lasciato una lezione profonda sull'amore: una lezione che ha toccato non solo la nostra famiglia, ma tutti quelli che hanno conosciuto la sua storia. Il suo amore, la sua vita, persino la sua morte, hanno insegnato qualcosa sul valore dei legami, sulla forza dell'amore famigliare.

Amore significa anche perdono? È una di quelle cose di cui non ho certezze, ma ciò che mi lascia senza parole è la dignità incredibile dei miei genitori: hanno perso una figlia nel modo più brutale possibile, eppure non hanno permesso che questo li trasformasse in persone piene di rabbia. Che sia una forma universale di perdono, questo loro modo di affrontare la realtà? Non lo so, ma nemmeno una tragedia di questa portata è riuscita a scalfire la loro capacità di mantenere un contegno, di «porgere l'altra guancia». Nonostante stiano portando il peso del loro dolore, riescono a mantenere questa capacità straordinaria di vedere e sentire il dolore degli altri.

C'è un uomo che incrociamo spesso al cimitero: ha perso sua figlia di cancro poco dopo la morte di Giulia. Mio padre vede in lui un altro padre che ha perso una figlia, e questo basta per farlo soffrire per lui. A volte vorrei scuoterlo e dirgli: «Ma tu non puoi supportare tutti quelli che piangono. Basta!». È una reazione viscerale, quasi di protezione: vedere mio padre, che ha già così tanto dolore suo, farsi carico anche della sofferenza degli altri mi fa venire voglia di fermarlo, di dirgli che può permettersi di pensare solo al suo, di dolore. C'è qualcosa di frustrante nella sua capacità di continuare a dare conforto quando è lui stesso spezzato dal dolore, ma forse è proprio questa sua capacità di vedere oltre il proprio dolore che lo rende chi è, che gli permette di mantenere quella dignità che tanto ammiro. Anche se a volte vorrei che pensasse un po' più a se stesso.

6
Due sorelle, due mondi

L'infanzia condivisa e le differenze caratteriali

Giulia continuerà a vivere per sempre nei nostri cuori, non verrà dimenticata e questo libro non è solo un modo per preservare la sua memoria, ma per far sì che la sua lezione d'amore continui a toccare altre vite, altri cuori. Attraverso queste pagine, attraverso il racconto della sua storia, Giulia potrà continuare a insegnare, a mostrare cosa significa veramente amare, perché mia sorella sapeva davvero amare, sin da piccina.

Sono nata due anni dopo Giulia, eppure paradossalmente sono sempre stata io la sorella maggiore. È una di quelle dinamiche strane che si creano tra sorelle quando la differenza d'età è così piccola: due anni sono abbastanza per creare dei ruoli, ma non abbastanza per renderli stabili e definiti. Il conflitto era parte integrante del nostro legame, lo rendeva vivo, reale. Non era un rapporto perfetto e idealizzato – trovatemene uno che lo sia – ma era un rapporto vero, con tutte le sue complessità e contraddizioni.

Alle elementari andavamo a scuola insieme, mamma ci vestiva uguali e dall'esterno sembravamo davvero identiche, come due gocce d'acqua nei nostri vestiti coordinati. Sotto quella apparente somiglianza, eravamo profondamente diverse. Giulia aveva una natura davvero speciale: era sensibile, pacata. Aveva una dolcezza e una gentilezza innate. Era quel tipo di bambina che ti faceva sentire in colpa solo per averla sgridata. Se alzavi la voce con lei, la sua reazione era così pura, così sinceramente dispiaciuta, che ti ritrovavi a pensare «No no, ma cosa ho fatto?». Era come se ogni rimprovero la toccasse in profondità, come se ogni parola più dura lasciasse un'impronta nella sua anima sensibile. Perciò non c'era bisogno di insistere con lei: bastava un richiamo e la lezione era già stata recepita.

Non era paura o sottomissione, era proprio la sua natura: quella di una bambina che sentiva tutto intensamente, che prendeva ogni cosa a cuore. Ed era il tipo di sensibilità che ti fa ripensare al tuo modo di porgerti, che ti fa misurare le parole, perché sai quanto possono pesare su un'anima così ricettiva. Era come se la sua dolcezza naturale ti educasse a essere più gentile, più attento, più consapevole dell'impatto che le tue parole potevano avere.

Io, invece, ero l'esatto opposto. Se Giulia si ravvedeva con un semplice rimprovero, io dovevo essere «minacciata» da mamma con le classiche botte sul sedere prima di considerare l'idea di darle retta. Ero fatta di un'altra pasta: non avevo paura e non piangevo mai e per me ogni cosa doveva essere una lotta, una sfida da affrontare. Se Giulia era tutta sensibilità e dolcezza, io ero pura determinazione e combattività. Avevo un fuoco dentro che non poteva essere domato facilmente e le minacce delle punizioni mi scivolavano addosso.

Sorrido ripensando ai nostri modi completamente diversi di rispondere all'autorità: lei così sensibile e ricettiva, io che avevo bisogno della minaccia di una punizione fisica per «vedere se la smettevo».

Ma la sensibilità di Giulia era come una medaglia a due facce: se da un lato la rendeva così speciale, così capace di empatia e gentilezza, dall'altro la rendeva anche vulnerabile.

Quando sei così sensibile, così ricettiva a tutto, diventi anche più esposta alle manipolazioni degli altri, più facile da ferire. È il paradosso di chi sente tutto profondamente: sei più capace di amare, di comprendere, di dare, ma sei anche più esposto a chi può usare questa tua apertura contro di te.

Infatti, questa sua disponibilità, questa apertura verso tutti, durante l'adolescenza l'aveva esposta a situazioni e persone che potevano essere problematiche. Come quella volta che aveva conosciuto una ragazza che viveva in un quartiere «difficile» di Napoli, a Secondigliano, dove la vita segue regole diverse, dove la durezza della realtà quotidiana plasma le persone in modo particolare. Era tipico di Giulia: non scorgeva i confini, le barriere sociali, i potenziali pericoli. In questa ragazza lei aveva visto qualcosa che andava oltre le circostanze della sua vita; aveva visto una persona che aveva perso tutto, un'anima ferita che aveva bisogno di connessione.

E con quella sua sensibilità caratteristica, si era legata profondamente a lei, tanto che aveva voluto portarla a casa nostra, fregandosene dei rischi o delle complicazioni sociali. Insomma, per Giulia, l'idea che questa ragazza dovesse vivere senza madre, in un quartiere malfamato dell'hinterland napoletano, la distruggeva emotivamente. Non era solo compassione – era un dolore vero e proprio – come se la sofferenza di quella ragazza fosse diventata la sua. Insisteva affinché la nostra famiglia intervenisse, che aiutasse la sua amica, che le offrisse quel supporto che la vita le aveva negato.

Questo tratto della sua personalità – la «sindrome da crocerossina» – questa convinzione di poter salvare chiunque con abbastanza amore e pazienza, si è manifestato in modi diversi durante la sua vita: con gli amici, cercando di offrir loro supporto e un punto di riferimento, e con i fidanzati, illudendosi di poterli cambiare. Giulia era così: aveva una fiducia quasi disincantata e infantile nel potere dell'amore e della cura.

La competizione adolescenziale

Durante l'adolescenza, il nostro rapporto è diventato più complicato, più conflittuale. Andavamo alle scuole medie insieme, e Giulia era dotata di una bellezza oggettiva, innegabile; era proprio bella, di quelle bellezze che non puoi non notare. Io, al contrario, come spesso succede in quella fase delicata della vita, vivevo un'adolescenza conflittuale.

La forma del viso era una caratteristica di famiglia – abbiamo tutti un viso squadrato – ma in Giulia era ancora più pronunciato, più spigoloso. Con i suoi capelli biondi e i tratti marcati, ricordava Julia Roberts. Era una bellezza particolare, caratteristica, che la rendeva riconoscibile. Durante la gravidanza, poi, era diventata ancora più bella perché quel po' di peso in più aveva addolcito i suoi tratti spigolosi, dando al suo viso una nuova dimensione di bellezza. Era come se la maternità l'avesse trasformata, ammorbidendo quelle linee così tipiche della nostra famiglia, ma che in lei erano sempre state più evidenti.

Quindi non erano più solo le nostre differenze caratteriali a creare dinamiche complesse, c'era anche l'aspetto estetico che, in quell'età così vulnerabile, pesava più di quanto avrebbe dovuto. Io ero l'esatto opposto: lottavo con l'acne, portavo gli occhiali e l'apparecchio ortodontico. E poi c'era il nuoto, ero una accanita nuotatrice, il che significava che il mio corpo si stava sviluppando in modo molto diverso dal suo: le spalle larghe da nuotatrice, una fisicità più robusta, meno femminile secondo i canoni classici. E non è difficile da comprendere che in una scuola media questi contrasti fossero diventati ancora più evidenti: lei era «quella bella», punto e basta. Non c'erano altri modi di dirlo. Mentre io, incarnavo quasi tutti i cliché dell'adolescente in fase difficile; perciò, il mio percorso verso l'accettazione della mia bellezza è stato lungo e complicato. In quei momenti, vedere Giulia così naturalmente attraente era per me fonte di gelosia, «sana gelosia». Lei era semplicemente magnetica: bionda – all'epoca ancora più bionda di quanto sarebbe stata dopo –, magra e sempre circondata da ragazzi che la corteggiavano.

Era il profondo senso di inadeguatezza e il tipo di «gelosia» particolare che può esistere solo tra sorelle, amplificato dal fatto che il «termine di paragone» viveva sotto il mio stesso tetto.

La scuola? Anche qui, eravamo agli antipodi: lei non aveva una grande passione per lo studio, mentre io ero la classica nerd. La mia vita era scandita tra libri e allenamenti; niente uscite nel weekend, niente vita sociale al di fuori della piscina. Ero così concentrata sullo studio e sul nuoto che i miei genitori arrivavano al punto di dovermi quasi implorare di uscire un po', di vivere qualcosa al di fuori di quella routine. «Chiara, non esci un po'?» era una frase che sentivo spesso dai miei genitori, preoccupati da questa mia vita così rigorosa, così priva di quegli elementi che rendevano l'adolescenza di Giulia più «normale». Non avevo amici al di fuori dell'ambiente del nuoto, non cercavo le occasioni sociali che per mia sorella erano naturali e frequenti.

Giulia, invece, viveva una vita completamente diversa: lo studio non era una sua priorità, proprio non amava i libri. Il suo mondo ruotava intorno a cose più leggere, più immediate: la cura di sé – unghie sempre perfette, capelli sempre in ordine – le uscite con gli amici nei weekend, i viaggi quando possibile. Lo shopping era una delle sue passioni più grandi, sempre alla ricerca di nuovi vestiti. C'era questa dinamica particolare con gli abiti: ce li passavamo, o meglio, lei prendeva i miei quando le conveniva, quelle rare volte in cui da nerd riuscivo ad avere qualcosa di abbastanza alla moda da interessarle. All'epoca andava molto Alviero Martini, ma lei era sempre perfettamente in linea con le tendenze: il chiodo in pelle, i jeans stretti, sempre vestita con capi firmati e all'ultima moda. Il mio guardaroba era l'esatto opposto: pratico, basic e infatti ero più spesso io che andavo a «razziare» il suo guardaroba, cosa che la faceva letteralmente infuriare.

C'è un episodio particolare che racconto spesso: eravamo uscite la stessa sera, io con il mio gruppo e lei con il suo, nel nostro paese. Io, ovviamente, avevo «preso in prestito» il suo giubbino di pelle. Quando mi ha incontrato e mi ha visto indossarlo, non ci ha pensato due volte: se l'è ripreso seduta stante, lasciandomi senza giacca. Mi ricordo ancora la scena come se fosse ieri: lei che mi guarda dritto negli occhi e mi dice «Perché ti sei preso il mio giubbino?» davanti a tutti i miei amici. L'imbarazzo era totale, essere smascherata così, pubblicamente, per aver «rubato» i vestiti di mia sorella, ma non c'era via d'uscita: ho dovuto restituirglielo lì, sul posto, davanti a tutti. E alla fine sono dovuta tornare a casa a prendere un altro giubbino, probabilmente uno dei miei capi basici che non avrebbero mai raggiunto la «figaggine» del suo giubbino di pelle.

E a proposito di figaggine, mia sorella ovviamente la manifestava anche attraverso i tatuaggi. Anche in quella questione eravamo completamente diverse: io zero tatuaggi, lei invece ne aveva diversi. Era un'altra manifestazione del suo modo di vivere più libero, più espressivo. Era l'ennesimo contrasto tra noi: io così controllata, così misurata da non avere neanche un tatuaggio o un orecchino, lei che usava il suo corpo come una tela per esprimere se stessa.

Conflitti e solidarietà

Il nostro era sì un rapporto complicato e pieno di conflitti, ma allo stesso tempo era indissolubile. E Giulia, come primogenita, aveva dovuto combattere tutte le battaglie con i nostri genitori: era lei che aveva dovuto aprire la strada per le prime uscite, le prime vacanze, tutti quei momenti di libertà che i genitori concedono con più difficoltà al primo figlio. Era stata lei a dover rompere il ghiaccio, ad affrontare tutte le resistenze iniziali dei nostri genitori e in un certo senso, le sue lotte avevano reso più facile il percorso per me, che venivo dopo. Ogni permesso che lei conquistava diventava un precedente che potevo usare a mio vantaggio, anche se poi io, con la mia vita da nerd, non ne approfittavo quanto avrei potuto. Ma, nonostante i nostri conflitti, quando si trattava di libertà e permessi, io stavo dalla sua parte. Quando i nostri genitori dicevano: «La prima vacanza la devi fare a sedici anni!» e usavano me come pretesto, tuonando: «Non è giusto, perché poi anche Chiara vorrà fare lo stesso», io mi schieravo con lei. «No, non è giusto, dovreste lasciarla andare» dicevo, pur sapendo che probabilmente io non avrei nemmeno chiesto quegli stessi permessi.

C'era anche una solidarietà silenziosa tra sorelle: io che coprivo i suoi segreti, che la supportavo nelle sue piccole battaglie per l'indipendenza. Lei, invece, mi spianava la strada, affrontando per prima le sfide, aprendo brecce nei divieti, rendendo più facile per me ciò che per lei era stato una conquista. Tra noi due, oltre a essere quella più studiosa e diligente, io ero anche quella che riusciva a mettere da parte più soldi, tra paghette e borse di studio per studenti meritevoli. In terza media, per esempio, avevo ottenuto un riconoscimento significativo: ho vinto un premio nazionale di letteratura italiana. Era un concorso istituito dal comune di Sant'Antimo insieme ad altri comuni italiani, incentrato sulla Shoah. Il mio tema era stato selezionato tra i migliori in tutta Italia; un risultato che mi aveva portato a un'esperienza straordinaria: la visita ai campi di concentramento di Auschwitz e Birkenau. Non era un caso isolato, perché i successi accademici sembravano susseguirsi naturalmente: il diploma, gli esami universitari completati nei tempi previsti alla Federico II; ogni traguardo si trasformava in una nuova borsa di studio. Il paradosso? Avevo i soldi ma non li spendevo praticamente per niente, li conservavo e basta, come una piccola formichina che accumula risorse.

Quando mia sorella doveva fare un viaggio con gli amici, sapeva esattamente a chi chiedere un prestito. «Mi puoi prestare questa cifra? Ti prometto che te li restituisco al mio compleanno.» Era diventato quasi un rituale tra noi, una di quelle dinamiche che rendeva il nostro rapporto speciale nonostante le differenze. Era quasi comico che i miei risparmi fossero più determinanti per i suoi viaggi che per il mio svago, ma devo aggiungere un dettaglio importante: mi ha sempre restituito tutto, puntualmente. Non era una questione di approfittarsi di me, era un sistema che funzionava perché basato sulla fiducia reciproca. Io continuavo a essere quella che risparmiava, che accumulava, che prestava senza pensarci due volte, mentre lei era quella che viveva le avventure ma manteneva la parola quando si trattava di restituire. Era un altro esempio di come le nostre nature opposte – io formichina risparmiosa, lei cicala che sapeva godersi la vita – fossero in equilibrio perfetto.

7
I sogni di Giulia

L'università o i sogni?

Con la crescita, le nostre strade hanno preso direzioni diverse. Io ho scelto l'Università Federico II, seguendo quella che era stata fino ad allora la mia inclinazione allo studio e la passione per la ricerca. Giulia era iscritta a Scienze politiche alla Federico II. Per la nostra famiglia, specialmente per mio padre, l'istruzione universitaria era qualcosa di sacro, non negoziabile.

Papà era cresciuto come un autodidatta in una famiglia «con le mani in pasta» un po' ovunque, dall'arte al pane. Tutto basato sul lavoro pratico, non sull'istruzione, perciò, la posizione di nostro padre era chiara e non contrattabile: frequentare l'università era la strada per l'indipendenza e il successo. Per lui, che si era dovuto costruire da solo la sua cultura, l'idea che i suoi figli potessero avere l'opportunità di studiare e non la sfruttassero appieno era insopportabile. Giulia, che, però, aveva altre inclinazioni, altri interessi si trovava a dover navigare tra le sue aspirazioni personali e questa aspettativa famigliare così forte.

I nostri genitori, pur formando insieme un equilibrio perfetto, avevano approcci completamente diversi alla questione. Mamma era la comprensione incarnata: aveva la capacità di vedere e accettare che l'università non era la strada giusta per Giulia e l'aveva capito molto prima degli altri, con quell'intuizione tipica delle madri che sanno leggere i propri figli. Papà, invece, con il suo rispetto sacrale per l'istruzione, non poteva proprio concepire l'idea che sua figlia potesse scegliere una strada diversa dall'università. Non era nemmeno una questione da discutere.

Alla fine, per non deludere le aspettative, Giulia aveva intrapreso il suo percorso all'Orientale, scegliendo arabo, spagnolo e inglese. Era una scelta che andava contro la sua natura, una sorta di violenza che si stava facendo. E come spesso succede quando si cerca di essere qualcun altro, la paura di perdere la propria identità diventa ogni giorno più grande.

Io sapevo tutto, ero la depositaria dei suoi segreti, la testimone silenziosa di questa lotta interna tra il desiderio di compiacere tutti e la necessità di essere fedele a se stessa. Era una posizione difficile: da una parte volevo proteggere mia sorella, dall'altra partecipavo a questo inganno che cresceva giorno dopo giorno.

E poi, ecco la decisione di lasciare l'università, ma non è stata improvvisa, è stata il culmine di un lungo periodo di disagio. La situazione è arrivata a un punto critico quando papà, con la sua caratteristica severità, ha iniziato a fare domande dirette in merito al suo percorso di studi, come procedesse, quanti esami mancassero alla fine, quale fosse la prospettiva futura. C'era solo un modo per ritrovare la propria identità e continuare il proprio progetto di vita, intraprendendone uno nuovo: parlare.

Quello è stato un momento di rottura tra Giulia e papà. Per papà la ferita più dolorosa non era tanto l'abbandono dell'università, quanto il fatto che sua figlia gli aveva nascosto i progressi universitari e, al tempo stesso, le ambizioni che aveva messo da parte. Per Giulia era doloroso ammettere di aver sprecato tanto tempo cercando di mantenere una finzione invece di essere onesta fin dall'inizio. C'era questa consapevolezza amara che attraversava tutti: se solo avesse trovato il coraggio di dire la verità prima, se solo avesse ammesso che l'università non era la sua strada, tutto sarebbe stato diverso. Avrebbero potuto risparmiare tempo ed energie emotive. Avrebbe potuto esplorare altre possibilità, trovare un percorso diverso più adatto a lei.

La severità di mio padre e la necessità di impartire ai suoi figli il rigore ha avuto effetti completamente opposti su di noi. Su di me ha funzionato come uno sprone, mi ha indurito, mi ha fatto «la crosta» come si dice. Ma Giulia era diversa, più fragile emotivamente e se tornava a casa con un 25 e si sentiva dire «Ma perché non 30?», si abbatteva completamente.

Abbandonando gli studi definitivamente, Giulia si liberava finalmente di quel macigno che la opprimeva, ma si trovava in un limbo di incertezza: «Cosa fare ora?». Papà aveva delle soluzioni concrete da offrirle, come inserirla nel suo lavoro. Era una strada pratica, soprattutto se l'obiettivo era semplicemente quello di avere uno stipendio sicuro, crearsi una famiglia, vivere una vita tranquilla a Napoli, ma Giulia voleva di più, o forse semplicemente qualcosa di diverso; non si vedeva intrappolata nella piccola realtà cittadina. Sentiva che il mondo oltre Napoli aveva qualcosa da offrirle, anche se non sapeva esattamente cosa. L'opportunità di lavorare con nostro padre, che per molti sarebbe stata una soluzione ideale, per lei rappresentava una sorta di compromesso che non era disposta ad accettare. Giulia aveva grandi sogni, ma era una sognatrice in grado di scorgere percorsi alternativi al classico iter universitario. Per lei, i traguardi non dovevano necessariamente passare attraverso quello che considerava il «noioso passaggio universitario». Il suo spirito cercava altre strade, e le aveva trovate nell'Accademia Iath sul lago di Como, nel mondo del turismo.

L'accademia del turismo

Per i nostri genitori, questa scelta ha rappresentato un sacrificio economico enorme, ma Giulia era emersa con un progetto concreto e aveva finalmente trovato la forza di presentare una sua visione del futuro, anche se questa metteva i nostri genitori di fronte a una bella sfida: tre figli da mantenere, Giulia e io all'università, e perdipiù una a Como, con le spese che comportava. E poi c'erano tutte quelle richieste tipiche dei diciottenni – la patente, la macchina – desideri che creavano ulteriori tensioni.

La questione della macchina in comune, infatti, era un costante punto di attrito tra noi due. Dovevamo spartircela, ma la divisione non era mai veramente equa. Mi ritrovavo spesso senza macchina, e ogni settimana c'era una nuova discussione. Era frustrante: stabilivamo degli accordi – tipo il venerdì la macchina a lei e il sabato a me – ma poi all'ultimo momento arrivavano le richieste di cambio che mi impedivano di organizzarmi.

In queste situazioni mamma assumeva sempre il ruolo di mediatrice, ma la sua intercessione pendeva invariabilmente verso Giulia. «A te, Chiara, non serve supporto» mi diceva quando chiedevo spiegazioni, come se la mia indipendenza e capacità di arrangiarmi fossero una giustificazione per favorire sempre mia sorella. La mia risposta era sempre più scoraggiata: «Fatti i fatti tuoi, mai una volta che stai dalla mia parte». Era come se essere la figlia «forte» significasse automaticamente dover sempre cedere, sempre fare un passo indietro per lasciare spazio alle esigenze di Giulia.

Era una caratteristica fondamentale della vita di mia sorella: ogni decisione, ogni momento significativo, finiva per coinvolgere tutta la famiglia. Non era solo una questione di chiedere aiuto o consiglio: Giulia aveva proprio bisogno che le persone facessero parte attiva della sua vita, che fossero presenti, che partecipassero. Questa sua caratteristica aveva plasmato anche il modo in cui la famiglia funzionava: eravamo tutti costantemente coinvolti nelle sue scelte, nei suoi progetti, nelle sue difficoltà... Come se la sua vita fosse un po' la vita di tutti noi, un progetto collettivo in cui ognuno aveva un ruolo da protagonista.

Giulia era sempre più determinata, voleva frequentare quell'accademia, ma la mia famiglia, conti alla mano, non pensava fosse la soluzione più giusta. Così, un giorno è arrivata la richiesta di mamma: «Vuoi parlare con tua sorella?». Io, la figlia più piccola, mi ritrovavo – ancora una volta – nella posizione di dover essere la voce della ragione. Dovevo spiegare a mia sorella maggiore che forse l'Accademia era un peso economico troppo oneroso per la famiglia.

La differenza tra me e Giulia era proprio questa: io avevo una comprensione pratica della realtà famigliare che a lei sembrava sfuggire. Ero perfettamente consapevole che, pur venendo da una famiglia che ci aveva sempre dato tutto e non ci aveva mai fatto mancare nulla, c'erano dei limiti oggettivi. Avevo accettato questa realtà, mi ero costruita il mio percorso all'interno delle possibilità concrete della famiglia e se fossi stata al posto di Giulia, avrei cercato un'altra strada, un'alternativa più sostenibile, ma lei era una grande sognatrice e vedeva solo i suoi sogni, non i sacrifici che questi comportavano per la famiglia.

Nella mente di Giulia, invece, la questione era semplice: non c'era alcun motivo per cui la famiglia non potesse sostenere questo suo sogno. Così è arrivato quel giorno, quel momento attorno al tavolo di famiglia dove è stata presa la decisione: per permettere a Giulia di frequentare l'Accademia, avremmo fatto tutti dei sacrifici. Era una di quelle decisioni che cambiano la dinamica di un'intera famiglia; non solo Giulia avrebbe inseguito il suo sogno, tutti noi avremmo adattato le nostre vite, le nostre aspettative, le nostre necessità, per rendere possibile il suo percorso.

Il suo sogno, insomma, era diventato un progetto collettivo e i sacrifici hanno iniziato a prendere forma concreta: con cambiamenti significativi per tutti, ma soprattutto per lei. Come tipica famiglia del Sud, i miei genitori avevano messo da parte dei soldi per il futuro di Giulia, magari un matrimonio, chissà. Quelli erano stati la chiave di accesso a Milano per Giulia. Era una dichiarazione di indipendenza potente: in quel preciso istante sceglieva di utilizzare i fondi destinati a quel futuro «convenzionale» per inseguire, invece, i suoi sogni.

Il trasferimento a Como

La decisione era stata presa e mia sorella si sarebbe trasferita al Nord per intraprendere questa nuova avventura a Como. Non era sola in questa avventura, aveva noi, ma anche il suo compagno di allora.

Il primo periodo è stato caratterizzato da una serenità e un entusiasmo contagiosi e Giulia sembrava aver finalmente trovato la sua strada: non solo era felice, ma stava anche eccellendo nei suoi studi. Ha completato l'Accademia ottenendo il massimo dei voti; un successo che dimostrava quanto questa scelta fosse stata giusta per lei, ma nonostante il successo negli studi, c'erano delle sfide sociali da affrontare. L'ambiente dell'Accademia era dominato da studenti da tutta Italia per lo più provenienti da famiglie molto benestanti e questo creava una sorta di divario sociale che si manifestava nelle attività quotidiane: gli aperitivi organizzati in locali esclusivi, gli eventi in ambienti altolocati, la vita sociale dei suoi compagni di corso ruotava attorno a luoghi di un certo livello. Giulia si trovava in questo difficile equilibrio: da una parte il desiderio di partecipare alla vita sociale della sua nuova realtà, dall'altra la consapevolezza dei sacrifici famigliari. Non voleva che tutto il peso di questa vita costosa ricadesse sui nostri genitori.

Giulia non era solo una sognatrice, era una che si dava da fare per realizzare i suoi sogni. Ha lavorato come bar lady in numerosi locali, sia durante il periodo a Napoli sia a Como. Non era il tipo di persona che si limitava a chiedere aiuto alla famiglia: si rimboccava le maniche e lavorava duramente per contribuire a realizzare le sue aspirazioni e le nostre differenze caratteriali non potevano essere più evidenti anche nel modo in cui affrontavamo il lavoro a contatto con il pubblico.

C'è un episodio che ricordo ancora che lo dimostra perfettamente: una volta un'amica che gestiva un locale mi ha proposto di guadagnare 50 euro mettendomi al guardaroba. Ho provato, una volta sola, e la mia reazione è stata immediata: «Non verrò mai più!». Quella singola serata al guardaroba era stata un vero incubo: gente ubriaca che pretendeva i propri cappotti, incapace persino di articolare chiaramente cosa cercasse. Il culmine era stato un ragazzo che aveva quasi dato di matto per un giubbotto che qualcuno aveva preso per errore. Era pronto a saltarmi addosso come se fosse colpa mia. Si comportavano come animali, completamente privi di controllo o della basilare educazione. Era uno spaccato di un mondo che proprio non faceva per me, un ambiente dove la gente sotto l'effetto dell'alcol perdeva ogni freno inibitorio, ogni forma di rispetto.

Giulia invece, sono sicura che si sarebbe destreggiata benissimo in quello che per me era un inferno in terra.

A un certo punto, la storia d'amore di mia sorella era giunta al termine. Era la storia di due giovani che si erano trovati a convivere mentre cercavano entrambi di emergere, di alzare la testa dalla mediocrità: il peso delle loro ambizioni individuali, la lotta quotidiana per costruirsi un futuro, aveva messo troppa pressione sulla loro relazione e la verità è che nessuno dei due ha saputo davvero come salvare quel rapporto. Era il tipo di fine che ha un sapore particolarmente amaro: non c'era soltanto un vero colpevole, una persona che aveva commesso un errore, su cui puntare il dito. C'era il tempo, il decorrere degli eventi, che cambia la vita, le persone, in maniera irreversibile, fin quando si diventa due pezzi rovinati di un puzzle che non combaciano più. Adesso lo so, perché l'ho vissuto sulla mia pelle qualche mese fa.

C'era questo paradosso in Giulia che ho visto manifestarsi chiaramente durante una loro discussione: la stessa persona che era così sensibile, così emotivamente vulnerabile, quando si arrabbiava poteva diventare letale con le parole: quella delicatezza, che era sotto gli occhi di tutti, si poteva trasformare di punto in bianco in una capacità affilata di colpire dove faceva più male.

Guardando indietro, credo che quello avrebbe potuto essere l'amore della vita di Giulia, ma a volte le relazioni si trovano a confrontarsi con forze più grandi di loro. Non è sempre una questione di sentimenti che svaniscono o di errori imperdonabili, a volte semplicemente le vite prendono direzioni diverse. Gli inglesi hanno un'espressione perfetta: *to grow apart* (crescere separatamente) ed è esattamente quello che è successo a loro. Sono cresciuti in direzioni diverse, si sono persi e l'amore è svanito dietro un angolo.

La vita a Milano, l'indipendenza

Dopo il diploma all'Accademia e la fine della sua relazione, Giulia ha fatto un nuovo salto: si è trasferita a Milano, condivideva un appartamento, in uno dei periodi più surreali della nostra storia recente, ovvero l'epoca del Covid. Ricordo uno dei primi viaggi in macchina per andare da lei, carico di una tensione particolare: mentre lasciavamo Napoli, il presidente della regione De Luca aveva appena diffuso un videomessaggio che suonava come un editto medievale: chiunque avesse lasciato il territorio napoletano avrebbe perso il diritto di rientrarvi.

Quando Giulia è scomparsa, il fatto che avesse vissuto a Milano da single per un anno ci ha dato una speranza, per quanto disperata. Pensavamo – speravamo – che forse avesse cercato rifugio lì, tra le persone che aveva conosciuto durante quel periodo di indipendenza. Ci siamo ritrovati a ricostruire la rete che aveva durante il suo anno da single a Milano.

Il caso della sua ex coinquilina di Milano è emblematico di quanto fosse difficile questa ricostruzione: ci sono voluti giorni solo per ricordare il suo nome. Alla fine, abbiamo ritrovato il suo contatto nella rubrica di mamma – e questo dice molto su come funziona una famiglia napoletana. Mamma infatti aveva conservato il numero perché è tipico delle nostre madri voler avere i numeri di telefono degli amici dei figli «per sicurezza». Persino io, che vivo lontano, ho dovuto darle quelli dei miei amici, perché come dice lei: «Se non ti sento per un po' di tempo, chiamo i tuoi contatti per chiedere».

L'arrivo a Milano ha segnato l'inizio di una nuova fase per Giulia: oltre ad aver trovato casa sui Navigli, si era assicurata un lavoro negli uffici di Euronics. Era un cambiamento significativo rispetto ai suoi giorni da bar lady, un lavoro d'ufficio, più strutturato, più «convenzionale» in un certo senso, però, c'era una certa ironia in quella situazione: dopo tutti i sacrifici fatti per frequentare l'Accademia, Giulia si era ritrovata a lavorare in un ufficio di Euronics, un lavoro che non aveva nulla a che fare con i suoi studi. Non era stata una sua scelta: il Covid aveva completamente stravolto il settore turistico a Milano, praticamente uccidendolo, e mia sorella si era adattata. Anche se, formalmente, Giulia era stata assunta negli uffici di Euronics, in realtà il suo lavoro era completamente da remoto; una di quelle situazioni in cui la pandemia aveva creato, paradossalmente, un'opportunità: la possibilità di lavorare da casa le permetteva di rimanere a Milano invece di essere costretta a tornare a Napoli. Mamma e papà avevano supportato Giulia fino ad allora e lei aveva contribuito in ogni modo possibile, ma era arrivato il momento delle decisioni difficili. Trovare un lavoro che potesse renderla indipendente, o tornare a casa, nell'attesa che il settore del turismo ingranasse.

Per Giulia, l'idea di tornare a Napoli rappresentava una sconfitta personale. Non era solo una questione di orgoglio, era come se tornare significasse ammettere che tutti i sacrifici fatti dalla famiglia, tutti i suoi sogni d'indipendenza, erano stati vani. Era il tipo di scelta che temeva di più e infatti era ferocemente determinata a non tornare indietro.

Era disposta a tutto, pur di non dover rinunciare alla sua indipendenza.

Giulia viveva in una casa piccolina e, quando andavamo a trovarla, dormivamo in un albergo in centro, ma ogni volta portavamo con noi un pezzo di Napoli. Chili e chili di mozzarella, biscotti, vino, ogni tipo di pizza possibile. Era il nostro modo di farle sentire il calore di casa, anche se da casa lei voleva stare lontana per inseguire i suoi sogni.

La mozzarella con i peperoni era il suo piatto preferito. È strano come certi dettagli, apparentemente piccoli come il modo in cui qualcuno ama mangiare la mozzarella, possano diventare così significativi nel ricordo. Quel gusto particolare per la mozzarella con i peperoni era una delle tan-

te cose che la caratterizzavano, uno di quei dettagli che solo chi la conosceva bene poteva sapere.

Ricordo che quel giorno c'era un problema con la televisione nella sua casetta: il filo bianco dell'antenna – uno di quei cavi che ormai forse non esistono nemmeno più – non riceveva bene il segnale. Papà era andato con lei in uno di quei negozi tipici di Milano, gestiti dai pakistani, quelli che vendono un po' di tutto. Quella volta eravamo rimasti quattro o cinque giorni per aiutarla ad ambientarsi nella nuova vita e nonostante lo spazio ristretto della casa, ci stringevamo tutti per pranzo da lei e c'era anche la sua amica.

Era uno di quei momenti in cui lo spazio fisico non conta davvero: ci si adatta, ci si stringe, l'importante è stare insieme.

Lei, quando poteva, ricambiava scendendo a Napoli. Era come se avessimo trovato un ritmo in questa nuova configurazione famigliare: noi andavamo a trovarla stringendoci nella sua piccola casa milanese, lei tornava a casa quando riusciva. Non era più la quotidianità di prima, ma era un nuovo modo di essere famiglia.

Dopo il periodo in Euronics, Giulia aveva finalmente trovato lavoro in un albergo, sempre negli uffici. Era più in linea con i suoi studi all'Accademia, anche se significava fare sacrifici come non poter scendere a Napoli per Natale. Era il prezzo dell'indipendenza che aveva tanto desiderato.

Non sono mai riuscita a comprendere l'amore di Giulia per Milano. Per me, quella città è sempre stata una trappola avvolta nella nebbia e nello smog, un posto dove i sogni si scontrano con una realtà fatta di affitti impossibili e case introvabili. La vedo come un posto dove finisci per ritrovarti a fare i conti con ogni centesimo del tuo stipendio, dove o diventi super ricco o rimani incastrato in una lotta quotidiana con la mediocrità.

Al contrario, per Giulia, Milano era semplicemente Milano, con tutte le sue possibilità, con tutto quello che rappresentava per lei. Era una delle tante differenze tra noi: questa capacità di vedere la stessa città con occhi completamente diversi.

8
Gli ultimi mesi

La telefonata in Finlandia

Nel settembre 2020, le nostre esistenze hanno preso direzioni drasticamente diverse: io partivo per la Finlandia, e Giulia… Giulia incontrava lui. Era uno di quei momenti di svolta nella vita, quando i destini prendono strade inaspettate: io verso il Nord Europa, lei verso quello che sarebbe diventato un capitolo tragico della sua storia.

Il mio trasferimento in Finlandia, durato circa otto mesi, non era casuale: avevo ottenuto un finanziamento per il mio progetto di ricerca. Quando ho ricevuto la notizia del finanziamento, l'eccitazione era incontenibile. Ho chiamato subito la mia famiglia per condividere la notizia: «Ho vinto, posso andare in Finlandia!». Papà era al lavoro, stava facendo un ordine con un cliente quando l'ho chiamato e Giulia era a Milano.

C'è un momento che ricordo con particolare tenerezza: papà stava cercando di convincere un cliente a comprare il centesimo capo per arrotondare l'ordine. Quando l'ho chiamato e gli ho dato la notizia, si è interrotto: «Scusi» ha detto al cliente. Era così entusiasta che non riusciva a trattenersi, doveva condividere quella gioia: «Mia figlia mi ha dato la più bella notizia della giornata». Il cliente, vedendo questa esplosione di gioia paterna, aveva risposto con comprensione: «Non si preoccupi».

Poi ho aperto la chat di famiglia, spazio dove spesso Giulia mi prendeva in giro chiamandomi «nerd» e «a capa tanta», come si dice a Napoli per indicare chi ha la testa grossa, cioè è studioso. Ho scritto sulla chat: «Ho vinto», e subito papà ha risposto: «Andiamo a cena a festeggiare». La risposta di Giulia? Tipica del suo carattere: «Bene, allora quando venite a Milano mi dovete una cena, perché Chiara ha vinto una cifra sostanziosa».

Era così tipico di papà: anche in mezzo alla gioia e alla celebrazione, non poteva fare a meno di far notare che avrei potuto ottenere di più. «Però potevi prendere il massimo del finanziamento» mi aveva detto. Era quella sua natura che conoscevo bene, quella sua tendenza a vedere sempre il potenziale non sfruttato in ogni cosa.

Quella sera abbiamo festeggiato insieme al ristorante a Napoli e Giulia da Milano mi ha fatto una promessa: sarebbe venuta a trovarmi in Finlandia.

Non potevamo sapere allora che quella promessa non si sarebbe mai realizzata. La prospettiva di Giulia che veniva a trovarmi in Finlandia era così piena di gioia: immaginavamo già di esplorare insieme Helsinki, di ridere del fred-

do estremo, di condividere questa nuova avventura come avevamo sempre fatto, anche se in modi diversi.

Anche preparare la valigia per la Finlandia era diventato un piccolo dramma famigliare. Avevo bisogno della sua valigia da 32 chili, ma Giulia era riluttante a cederla. «Mi potrebbe servire per un trasloco a Milano, se cambio casa» protestava al telefono. Alla fine, è stato papà, esasperato dalle nostre discussioni, a risolvere la situazione nel modo più pratico possibile: «Ok, andiamo a comprare un'altra valigia, non ce la faccio più a sentirvi». E con una nuova valigia, sono riuscita a partire. Ricordo che a settembre, in Finlandia, stavo attraversando un periodo conflittuale della mia vita; la ricerca andava avanti, ma il mio mondo personale era in subbuglio: la relazione con il mio compagno di allora stava attraversando una fase critica.

Avevo iniziato a vedere le cose con più chiarezza, a capire che io stavo cambiando, il mondo mi stava cambiando, e un giorno, mentre ero nel pieno dei miei conflitti personali in Finlandia, è arrivata una telefonata di Giulia. Era felice, voleva condividere con me una novità: aveva conosciuto qualcuno. Si chiamava Alessandro. Ne era entusiasta, ne parlava bene. Non potevo sapere allora che quella telefonata, quella presentazione apparentemente normale di un nuovo incontro, sarebbe diventata l'inizio di qualcosa di così tragico.

Durante la pandemia di Covid, sono rimasta in Finlandia per quasi un intero anno. Le restrizioni erano particolarmente severe: i tamponi obbligatori in aeroporto (senza possibilità di presentare test effettuati altrove) comportavano un costo proibitivo di circa 400 euro tra andata e ritorno. Così, rimanevamo in contatto tramite chiamate e videochiamate.

Ricordo quella telefonata, era entusiasta mentre mi raccontava che finalmente avevano deciso di fare il grande passo: andare a vivere insieme. Lei era serena mentre mi spiegava che ora dovevano solo organizzare la parte più noiosa, ovvero decidere quando traslocare e sistemare le questioni economiche. Insomma, tutte quelle cose da mettere in ordine prima di un passo così importante. Ricordo bene quando mi ha raccontato dei loro piani per la convivenza: avevano scelto Senago, una decisione che aveva molto senso dal punto di vista pratico perché lui lì aveva già un appartamento con un contratto d'affitto attivo; quindi era la soluzione perfetta, non dovevano perdere tempo a cercare una nuova casa o passare attraverso tutto l'iter burocratico di un nuovo contratto. In questo modo, avrebbero anche risolto il problema di vivere separati, lei a Milano e lui a Senago.

Devo ammettere che quando mi ha raccontato della decisione di trasferirsi insieme a Senago, io non ero per niente d'accordo. Mi sembrava una scelta affrettata, e glielo avevo detto. Con il senno di poi non l'avrei mai sostenuta ad andare a vivere con il suo assassino.

È davvero particolare come la vita a volte ti mette davanti a uno specchio. Mi ritrovo ora a vivere situazioni così simili a quelle di mia sorella, proprio quelle situazioni che criticavo tanto. Allora mi battevo con lei, insistevo che bisognava fare le cose «al momento giusto», che sette mesi erano troppo pochi per una convivenza... E ora eccomi qui, al settimo mese con il mio compagno olandese, pronta a fare esattamente quello che contestavo a lei. È quasi ironico come il destino ti porti a capire certe cose solo vivendole sulla tua pelle. Quelle che mi sembravano certezze granitiche – i tempi giusti, i momenti giusti – ora le vedo in modo completamente diverso. Mi sento ancora oggi così ipocrita ripensando a quelle conversazioni con Giulia.

La mia reazione è stata immediata e categorica: «Giulia, è troppo presto, non conosci ancora abbastanza bene questa persona!» e le ho fatto una predica su come la convivenza dovrebbe nascere dal desiderio di costruire una famiglia, di creare qualcosa insieme, non semplicemente per dividere le spese.

Mi sembrava di avere tutte le risposte allora, di sapere esattamente cosa fosse giusto e cosa sbagliato. Le dicevo che dovevano avere motivazioni più profonde, più importanti del semplice vantaggio economico. Ero così sicura, così convinta delle mie ragioni e invece ora capisco quanto fossi io a vivere in una bolla, mentre giudicavo le scelte di mia sorella. Lei era una donna indipendente, che viveva da sola da cinque anni, che si era costruita una sua visione del mondo, solida, matura. Era andata oltre quella mentalità da paese dove devi aspettare tre anni prima di andare a convivere con qualcuno. Io invece... io le ripetevo che doveva conoscerlo meglio, conoscerlo bene prima di fare un passo così importante. Ma lo dicevo dalla mia prospettiva limitata, dal mio microcosmo protetto, senza capire che lei aveva già una comprensione molto più profonda della vita, dell'indipendenza, delle relazioni. Lei aveva già superato quegli schemi tradizionali che io invece continuavo a considerare come verità assolute.

Adesso lo sto capendo davvero: una persona non la conosci veramente vedendola due volte a settimana. La vera conoscenza viene proprio dalla convivenza quotidiana. All'epoca però ero un muro e la scelta di Giulia sembrava immatura, affrettata.

Ma lei era contenta, si capiva quanto fosse felice di questa decisione. E poi mi descriveva un tipo da famiglia, uno di quelli affidabili, responsabili e si presentava come l'uomo maturo. Io le ripetevo che quando vai a vivere a casa di un altro è diverso, sei in qualche modo più vulnerabile, non hai più quel senso di sicurezza che ti dà avere un posto tutto tuo. Era una paura reale quella che cercavo di trasmetterle, ero davvero preoccupata che stesse rinunciando alla sua indipendenza.

Ora che sto per fare lo stesso passo, non mi faccio nemmeno lontanamente gli stessi problemi. Non mi pongo tutte quelle domande che ponevo a lei, non mi preoccupo di avere un «piano B», un posto dove tornare. Ora capisco che una parte di Giulia vive attraverso le mie scelte. Se continuassi a essere la stessa Chiara di prima, se continuassi a ragionare con quelle paure, quelle limitazioni che avevo, significherebbe che non ho davvero imparato nulla da lei, dalla sua vita, dal suo coraggio. Sarebbe co-

me se la sua esperienza, il suo modo di vedere il mondo, fossero passati accanto a me senza lasciarmi niente. Invece ora le mie decisioni portano con sé anche la sua essenza. Quando scelgo di fare questo passo, di andare a convivere senza tutte quelle paure che prima consideravo così importanti, sento che non sono solo io a decidere, c'è anche lei in queste scelte, perché le mie decisioni ora sono come un equilibrio perfetto tra due parti. C'è quel 50 per cento che viene da lei, da come la conoscevo, da quello che penso avrebbe fatto, anche se non posso più chiederle conferma, non posso più confrontarmi con lei. E poi c'è l'altro 50 per cento, quella parte che sono io, Chiara, con il mio modo di essere, di pensare, di affrontare le cose. È come se ogni decisione importante ora passasse attraverso questo filtro doppio: «Cosa avrebbe fatto Giulia?» e «Cosa farei io?».

Crepe

La relazione tra Giulia e Alessandro continuava, ma le cose non erano più idilliache come un tempo e io ero sempre più convinta che non fosse la persona giusta per lei, soprattutto perché era estremamente assente dalla vita famigliare di mia sorella: mentre lei manteneva i legami con noi, tornando regolarmente per le festività – Natale, Pasqua, le occasioni importanti – lui restava sempre nell'ombra e puntualmente Giulia arrivava da sola a questi incontri. Era un comportamento che stonava con l'idea di una relazione che si stava dirigendo verso qualcosa di solido e duraturo. Di solito, quando una coppia fa progetti così importanti, c'è un naturale processo di integrazione nelle rispettive famiglie, un desiderio di costruire legami, di farsi conoscere, di partecipare ai momenti significativi. Invece, la sua assenza persistente creava una distanza, un vuoto che non veniva mai colmato. La spiegazione che veniva data per la sua costante assenza era sempre la stessa: il lavoro. Effettivamente, la logica sembrava inattaccabile: un hotel di lusso come l'Armani Hotel ha il suo picco di lavoro proprio durante le festività, quando tutti gli altri sono in vacanza, perciò durante il Natale, la Pasqua, i weekend, ovvero tutti quei momenti in cui le famiglie normalmente si riuniscono, lui era impegnatissimo. Era una spiegazione che non lasciava spazio a dubbi o domande: chi lavora nel turismo sa che i propri orari sono spesso l'opposto di quelli delle persone comuni; quando gli altri festeggiano, loro lavorano. Giulia si ritrovava spesso completamente sola – una solitudine che sarebbe stata comprensibile se fosse stata dovuta esclusivamente agli impegni lavorativi di lui, se fosse stato realmente impegnato a costruirsi una carriera – a «farsi il culo» come si dice.

E poi è arrivato il momento più importante della mia vita, il conseguimento del dottorato di ricerca. Non era solo il coronamento del lavoro scientifico, era un traguardo che segnava anche l'inizio di una nuova fase, il mio trasferimento a Genova, la prima vera indipendenza. Avevo organizzato una festa a Napoli: era un momento significativo che andava celebrato come si deve e lui era stato invitato, certo. Come non invitare il compagno di Giulia in un frangente così importante? Era un momento che avrebbe dovuto essere di gioia doppia, perché oltre la festa per il dottorato, ci sarebbe stato l'annuncio della gravidanza di mia sorella. Invece, ancora una volta, lui non c'era e la sua assenza, in quel momento così cruciale, era più rumorosa che mai: Giulia si è trovata lì, da sola, a dare alla famiglia questa notizia che avrebbe dovuto essere condivisa da entrambi.

Guardando indietro, erano tutti segnali chiarissimi della sua inconsistenza come uomo, come compagno. Chi lascia la sua compagna da sola in un momento simile?

La gravidanza non era stata pianificata: era «capitata». Ma a trent'anni, questa parola assume un significato diverso. Non si può davvero dire che una gravidanza «capiti» quando sei un adulto consapevole. La verità era un'altra: lui non voleva più un figlio.

Eppure, nei primi mesi, Giulia aveva sviluppato un forte senso di maternità, e quel bambino, arrivato all'improvviso, era diventato la cosa per cui avrebbe lottato di più. «Non serve essere una coppia per crescere un figlio» diceva, riaffermando ancora una volta il suo senso di indipendenza. Era decisa, sicura della sua scelta. Della gravidanza di Giulia voglio ricordare solo i suoi sorrisi. È stato un periodo turbolento per noi sorelle, e spesso il nostro rapporto ne ha risentito. Quando non condividevamo la gioia di aspettare Thiago – le passeggiate a Napoli e sulla costiera amalfitana, la scelta del colore della sua prima tutina o del fasciatoio – ci scontravamo sui problemi della relazione di Giulia. Io non avevo più spazio per la comprensione e non trattenevo più la mia opinione su di lui, sulla loro storia. Inevitabilmente, questo pesava su Giulia: forse si sentiva giudicata per le sue scelte.

Quella nascita, che ci univa in un sogno comune, a volte sembrava anche allontanarci, e lo avevo capito una delle ultime cene insieme a Milano. C'è qualcosa di quella sera che ancora oggi mi tormenta, un dettaglio che rende tutto ancora più doloroso. Eravamo tutti lì in quella pizzeria, sorridenti, apparentemente sereni. Giulia era bellissima, ma sotto quella superficie di normalità famigliare, di allegria condivisa, si nascondeva una verità più complicata: io e lei non ci parlavamo più come un tempo.

È straziante ripensarci ora. Chi poteva immaginare che quella sarebbe stata una delle ultime volte che l'avremmo vista? Che quell'ultimo mese di silenzio tra noi sarebbe diventato un eterno rimpianto? Eravamo lì, così vicine fisicamente eppure così distanti, sprecando quei momenti preziosi in un silenzio che ora sembra così insignificante, così assurdamente futile.

In quel periodo io e Giulia parlavamo poco della sua storia, e la colpa era delle nostre opinioni divergenti. Quando mia sorella mi aveva comunicato che sarebbero partiti per fare un viaggio in Spagna, ero esplosa e le avevo detto che era assurdo, che non aveva senso. Non riuscivo a capire come potesse accettare questo regalo, questa vacanza. Ero arrivata al limite, completamente esausta. Era una litania infinita di mancanze, di vuoti, di promesse non mantenute. Mi ero così scocciata che non riuscivo più nemmeno ad ascoltarla quando parlava di lui. Avevo raggiunto quel punto di saturazione dove ogni nuova storia, ogni nuovo episodio che mi raccontava, mi faceva solo arrabbiare di più e non riuscivo più a nascondere la mia insofferenza quando mi parlava di lui. Tutti questi racconti negativi, tutte queste delusioni, erano state spazzate via in un istante da una proposta di viaggio. Era qualcosa che non riuscivo proprio a comprendere, che mi sembrava assurdo.

Era frustrante vederla accettare questa proposta di viaggio, come se tutto il resto non contasse più, come se tutte le ragioni per cui mi lamentavo di lui potessero essere cancellate da un semplice gesto.

C'era poi anche questo schema che mi feriva profondamente: quando litigavano, quando erano in crisi, io diventavo improvvisamente la sua confidente principale; mi rendeva partecipe di tutto, ogni dettaglio, ogni discussione, ogni problema. Ero il suo porto sicuro nei momenti di tempesta, ma non appena le acque si calmavano, non appena tornavano in buoni rapporti, venivo automaticamente tagliata fuori, esclusa dalla sua vita e quella volta proprio non ce l'ho fatta, ho dovuto dirglielo. La sua risposta è arrivata come uno schiaffo, carica di ormoni e di rabbia. Mi ha detto che la vita era la sua, che non avevo alcun diritto di giudicare le sue scelte o la sua famiglia. Era furiosa, ferita dal mio rinfacciare, dal mio giudizio costante. Aveva inoltre aggiunto, che se questo era il mio atteggiamento, se dovevo sempre giudicarla e criticarla, allora avrebbe smesso di confidarsi con me, di condividere con me i suoi momenti difficili.

Le sue parole erano dure, ma comprensibili. Era stanca delle mie critiche e del mio arrogarmi il diritto di giudicare ogni sua scelta. Era incinta, emotivamente fragile, e io continuavo a pressarla con i miei giudizi, con le mie pretese di sapere cosa fosse meglio per lei. In quel momento non capivo quanto le mie parole potessero ferirla, quanto il mio costante giudicare potesse allontanarla. Non vedevo che forse aveva bisogno più del mio supporto che delle mie critiche, più della mia comprensione che dei miei rimproveri. Ora quelle parole, quella sua difesa appassionata delle sue scelte, assumono un significato ancora più doloroso.

Quel mese che è seguito è stato strano, perché non è che non ci sentissimo affatto, c'era sempre la chat di famiglia, c'erano i preparativi per l'arrivo di Thiago, io che compravo il fasciatoio, lei che ogni tanto interveniva nelle conversazioni, ma era tutto diverso, come se tra noi fosse calato un velo di gelo. La comunicazione c'era, ma era fredda, distante, priva di quella confidenza che avevamo sempre avuto ed era arrivata a un punto tale che non riuscivo più a condividere con lei nemmeno le mie paure più profonde. Una notte avevo fatto un sogno inquietante sul bambino, su Thiago, ma non riuscivo a dirglielo. Non mi sentivo più nel diritto di farlo.

La mattina del 27 maggio, giorno in cui mia sorella è stata uccisa, mi sono svegliata con un peso sul cuore, un presentimento oscuro che non riuscivo a scrollarmi di dosso. La notte aveva portato con sé un sogno angosciante: Thiago che nasceva con una rara malattia genetica. Era una paura profonda, radicata nella nostra esperienza famigliare: nostra madre lavorava in un centro di recupero e ogni giorno si occupava sia di fisioterapia normale sia di bambini con bisogni speciali, quindi non era una paura astratta, era qualcosa di concreto, nutrito dalle storie che avevamo sentito.

Quella mattina avrei voluto davvero chiamarla. Il pensiero di prendere il telefono e sentire la sua voce mi ha attraversato più volte la mente, ma qualcosa mi ha trattenuto. Forse l'orgoglio, forse quella freddezza che si era creata tra noi, forse la paura di essere respinta ancora una volta. Invece di chiamare, ho continuato con la mia routine quotidiana a Genova, passando meccanicamente l'aspirapolvere per casa, cercando di soffocare quella sensazione di inquietudine con il rumore dell'elettrodomestico.

Questo pensiero mi tormenta: se l'avessi chiamata quella mattina, avrei potuto essere l'ultima persona a sentire la sua voce. Ma poi mi dico che probabilmente non avrebbe fatto differenza – io di solito la chiamavo verso l'una, e a quell'ora... a quell'ora lei era già in quella dimensione sospesa – in quel momento in cui tutto stava per precipitare ma lei ancora non lo sapeva, era ancora ignara di quello che stava per succedere, ancora inconsapevole che la sua vita stava per essere strappata via.

9
Il filo invisibile, segni di una presenza

Il dubbio eterno

Le notizie arrivavano frammentarie. All'inizio erano solo titoli di giornale, parole fredde che parlavano di coltellate e la mente rifiutava di processare quella realtà, come se fosse una storia appartenente a qualcun altro, non alla nostra Giulia. I dettagli sono emersi lentamente, uno dopo l'altro, l'uno più doloroso del precedente e ogni nuovo particolare era come un colpo al cuore, rendendo sempre più reale ciò che non volevamo accettare. I notiziari parlavano di mia sorella, della sua gravidanza, del suo sorriso gentile. Parlavano di tradimento, di premeditazione, di una violenza incomprensibile. Noi non volevamo sapere, eppure dovevamo sapere.

Era la nostra Giulia, meritava che conoscessimo la verità, per quanto dolorosa potesse essere. Per lei, per la giustizia, per non dimenticare.

La prima versione dei fatti era semplice, quasi banale nella sua crudeltà: Giulia stava tagliando i pomodori per preparare la cena, si era procurata un taglio e lui, per finirla, l'aveva accoltellata. Due coltellate. Questo era quello che sapevamo, quello che ci avevano detto. Due coltellate che avevano spezzato la vita di mia sorella. Ci era stato comunicato di giovedì. Poi era seguito il weekend, interminabile; l'autopsia non si poteva fare, dovevamo aspettare. Quei giorni di attesa sono stati un limbo: eravamo sospesi tra quella prima versione dei fatti e la paura di ciò che ci avrebbe rivelato. Quando finalmente è iniziata, è stata lunga, estenuante. Le ore si trasformavano in giorni, e ogni minuto di attesa portava con sé nuove angosce, nuove domande.

Poi è arrivato il momento in cui la verità ci ha colpito come uno schiaffo in pieno volto, e nel modo più brutale possibile: dalla televisione. Prima ancora che il nostro avvocato potesse parlare con noi, prima di qualsiasi comunicazione ufficiale, lo speaker del telegiornale stava già raccontando tutto. Trentasette coltellate. Non due. Trentasette. Nel box di via Monte Rosa era stato ritrovato un carrellino per trasportare i pacchi, nuovo e con evidenti tracce di sangue. E il corpo... il corpo era stato bruciato. Due volte. Era come se il dolore si rinnovasse continuamente, come se ogni nuovo particolare riaprisse la ferita e i ricordi hanno iniziato a ricomporsi come un puzzle macabro.

La vasca da bagno dell'appartamento in via Novella, quella che mamma aveva visto. «Era tutta nera» aveva detto. Non era muffa, come avevamo pensato, era la ceramica segnata dal fuoco. Lì, in quella vasca, aveva tentato di bruciare il corpo di Giulia la prima volta, poi ancora, nel garage, prima di trasportarla in via Monte Rosa. Le parole uscivano dallo schermo come proiettili, colpendoci uno dopo l'altro, mentre eravamo lì, indifesi, davanti a una verità che non eravamo pronti a sentire. Non così. Non dalla tv. E quei dettagli, quei segni, ora assumevano un significato terribilmente diverso.

Come abbia potuto farlo, resta per me un mistero insopportabile. Un corpo inerme, cosparso di benzina e dato alle fiamme. La mente si rifiuta di proseguire questo pensiero, di immaginare quei momenti.

Ci sono particolari che non voglio conoscere, immagini che non voglio visualizzare, ma rimangono lì, a tormentarmi, insieme alle domande che non avranno mai risposta. E poi ci sono i dettagli che non tornano, quelli che rendono tutto ancora più orribile. Il carrellino pieno di sangue. Ma come era possibile? Un corpo, a un giorno dalla morte, non può più sanguinare così tanto.

L'autopsia ha rivelato la terribile verità: il bromadiolone, un potente anticoagulante. L'aveva avvelenata. Era morta in anemia, il suo sangue che scorreva via, mentre il veleno faceva effetto. Non era stato un raptus, un momento di follia. Era stato un omicidio pianificato, calcolato, studiato nei minimi dettagli.

C'è qualcosa che continua a torturarmi: il sangue con il bromadiolone è liquidissimo, scorre tre volte più velocemente del sangue normale. Mia sorella, quando è morta, era completamente dissanguata. Non aveva più sangue nel corpo.

Allora come è possibile che quel carrellino, comprato il giorno dopo, fosse pieno di sangue? Da dove veniva quel sangue? Sono domande che mi assillano, che non hanno senso, che rendono tutto ancora più oscuro e terribile.

Per mesi, solo silenzio da parte dell'assassino. Nessuna spiegazione, nessuna verità. Poi, durante la testimonianza, l'unica versione dei fatti che ha mai fornito: Giulia si era tagliata. Era andata verso il divano dove c'erano dei cerotti – quei cerotti che lei stessa aveva comprato; ecco perché la spesa era sparsa sul divano. Lui l'ha aggredita alle spalle, colpendola. Lei è svenuta, è caduta su di lui, sono finiti entrambi a terra.

E lì… lì l'ha finita.

Una versione fredda, meccanica, che non spiegava nulla. Non spiegava il veleno, non spiegava le trentasette coltellate, non spiegava il corpo bruciato due volte e non spiegava quel maledetto carrellino pieno di sangue.

L'autopsia non ha mostrato segni di difesa. Nessuna lotta. Se Giulia avesse combattuto ci sarebbero state tracce sul suo corpo, ma non c'erano. Non ha avuto nemmeno la possibilità di provare a salvarsi. Non ha potuto difendersi, non ha potuto lottare, non ha potuto chiamare aiuto.

È un pensiero che mi perseguita, che mi tortura nelle notti insonni: si è resa conto che stava morendo? Nei suoi ultimi istanti di coscienza, ha capito cosa le stava succedendo? È una domanda che continuerà a perseguitarmi per sempre, una di quelle domande a cui non avrò mai risposta.

Dicono che negli ultimi istanti della vita, ti passa da-

vanti tutto come un film. Mi chiedo cosa abbia visto Giulia in quei momenti. La nostra famiglia? Il suo bambino che cresceva dentro di lei? Devono essere stati istanti terribili.

La ricostruzione della scena tuttavia ci ha detto altro: probabilmente non ha avuto il tempo di pensare a nulla. Il primo colpo l'ha raggiunta in un punto che le ha fatto perdere i sensi immediatamente. È svenuta, e poi sono arrivate le altre coltellate. Trentasette in totale. Solo undici erano mortali. Le altre erano rabbia pura, violenza cieca su un corpo già privo di coscienza.

Questo rimarrà il dubbio eterno della mia vita, per sempre. Non importa quante ricostruzioni, quante spiegazioni tecniche, quante evidenze forensi mi mostrino. Continuerò a chiedermi: ha sofferto? Ha capito cosa le stava succedendo? Immagino il suo terrore, la sua solitudine in quegli ultimi momenti. E poi penso al buio che deve averla avvolta, sperando che almeno sia stato veloce, che non abbia sofferto troppo a lungo. È un tormento che mi accompagnerà fino all'ultimo dei miei giorni, una domanda senza risposta che continuerà a martoriarmi nelle notti insonni, nei momenti di silenzio, ogni volta che penso a lei, ai suoi ultimi istanti.

Il costo della giustizia

L'attesa del processo mi ha riempito di un'ansia difficile da descrivere. Essere parte di un procedimento per l'omicidio della propria sorella (o della propria figlia) e del proprio nipote, rappresenta certamente un'esperienza dolorosa, eppure, in modo contraddittorio, può anche portare una qualche forma di sollievo. Non mi riferisco al sollievo che può derivare dalla sentenza stessa, ma piuttosto alla consapevolezza che esiste ancora un faro che illumina il suo percorso, o forse, più semplicemente, alla certezza che la vittima non sia stata cancellata dalla memoria collettiva. Questo è, indubbiamente, il terrore più profondo che attanaglia me e i miei genitori.

L'attesa del processo ha anche tessuto intorno a noi una solida rete di supporto; i miei cugini e i miei zii ci hanno offerto sostegno e hanno presenziato ai momenti più significativi del dibattimento; perciò, non abbiamo mai affrontato questa battaglia in solitudine: l'intera mia famiglia era presente, donandoci un vigore che individualmente non avremmo potuto trovare.

Abbiamo affrontato il viaggio vero l'aula del tribunale arrivando da luoghi differenti. I miei genitori da Napoli, mio fratello da Udine, io dall'Olanda, accomunati da un unico intento: far sentire la presenza di Giulia attraverso i nostri comportamenti. Sempre autentici e rispettosi, abbiamo ricreato in quello spazio la sua essenza e la sua personalità. Ci siamo ripromessi che mai avremmo rivolto lo sguardo verso la gabbia dell'assassino, per non concedergli il privilegio di scorgere la sofferenza che aveva instillato nei nostri occhi. In realtà, però, si è rivelata una promessa non necessaria: l'imputato ha sempre tenuto la testa bassa.

Ciò che trovo davvero assurdo, però, è come funziona il sistema giudiziario italiano, che fa sì che dopo un omicidio così brutale, la famiglia della vittima e l'assassino si ritrovino quasi seduti accanto. Sarebbe più sensato riorganizzare le aule, mettendo la gabbia dell'imputato in fondo alla stanza. Per una volta, sarebbe giusto dare alla famiglia della vittima lo spazio e il rispetto che meritano.

Presenziare al processo è stata anche una quasi consenziente violazione della nostra privacy, perché come pesci in un acquario, ci siamo seduti ai nostri posti e, sessione dopo sessione, abbiamo accettato di essere spogliati di ogni riservatezza, di essere ripresi in ogni circostanza, anche mentre le lacrime scavavano solchi profondi sui nostri visi.

Ricordo che eravamo seduti nell'aula del tribunale di Milano, in Corte d'Assise, e discutevo con la mia famiglia del viaggio che avevo fatto dall'Olanda.

A un tratto, un fotografo ci ha interrotti per chiederci se potessimo stringerci gli uni agli altri e se potesse scattarci una foto. In quel momento ho pensato che avessimo superato il limite del ridicolo e dell'assurdo: una famiglia, costretta a presenziare in tribunale per ottenere giustizia per una figlia uccisa, a cui si chiede di prestarsi a farsi fotografare per un articolo di giornale; un bel modo di spettacolarizzare il dolore dei famigliari, preservando allo stesso tempo l'immagine dell'assassino che sedeva esattamente di fronte a noi.

Essere la famiglia di una vittima di femminicidio in Italia significa anche questo: accettare che l'assassino abbia più diritti di noi.

L'unica seduta che riesco a ricordare in maniera limpida è la prima: i giornalisti, ossessionati a riprendere ogni nostro movimento, si scontravano con la rete di protezione offerta dai carabinieri, che hanno mostrato nei nostri confronti un'attenzione che superava il semplice dovere professionale. Si trattava di un sentimento di vera vicinanza, non basato sulla comune provenienza geografica, ma su una profonda connessione emotiva.

È stato quel tipo di solidarietà autentica che ci ha fatto capire che, nell'affrontare questa terribile esperienza, non stavamo lottando da soli.

Nella paradossale struttura del sistema giudiziario italiano, mi sono ritrovata a entrare nell'aula dove si sarebbe svolto il processo per l'omicidio di mia sorella, praticamente fianco a fianco con il suo assassino. Per una ragione che non riesco tuttora a comprendere, l'apparato che ruotava attorno all'assassino non aveva tenuto conto del fatto che esisteva un unico ingresso per accedere alla piccola sala designata come aula processuale.

Così, per una coincidenza sfortunata e per mancanza di sensibilità, mi sono ritrovata a entrare in aula circondata da un gruppo di poliziotti, tutti ammassati per coprire l'assassino. All'inizio non ho capito cosa stesse succedendo: c'era un grande caos nell'aula, ma percepivo che tutti gli occhi erano puntati su di me. Pochi attimi prima che l'assassino varcasse la soglia, il mio avvocato mi ha fissato dritto negli occhi e mi ha detto: «Non girarti e resta tranquilla». La sensazione che ho provato in quel momento somigliava a quella di avere le caramelle in alto sullo scaffale della cucina: irraggiungibili eppure così magnetiche, rese ancora più dolci dal semplice fatto di essere proibite.

È sempre stato così: basta che qualcosa sia vietato per diventare improvvisamente l'unica cosa che conta davvero.

Forse è per questo che, nonostante tutto, mi sono girata; non perché volessi davvero vedere, ma perché non ho potuto farne a meno. Come un bambino davanti al cartello NON TOCCARE nel negozio di cristalli, dove ogni divieto è un invito sussurrato. In quel momento, mentre i miei occhi tradivano la ragione, finalmente ho capito: non è l'oggetto in sé ad attirarci, ma quel sottile confine tra il permesso e il proibito che attira, fin da piccoli.

Ed è stato proprio in quell'istante di consapevolezza che tutto è cambiato: le mie dita tremavano, non di paura, ma di un'emozione più primitiva, un impulso primordiale che si contorceva nelle viscere come un serpente affamato. La guardia carceraria era a pochi passi, ignara della tempesta che mi devastava dentro. Ignara che in quel preciso istante stavo immaginando mille modi diversi per far provare a quell'uomo anche solo una frazione del dolore che aveva inflitto a mia sorella. Mi bastava un movimento. Un singolo, rapido gesto. La vendetta era lì, a portata di mano, tangibile come non lo era mai stata in tutti quei mesi di notti insonni passate a rimuginarci sopra.

Mi sentivo come un animale in gabbia, sotto i riflettori di uno spettacolo macabro.

I giornalisti, appostati come avvoltoi, stringevano le loro macchine fotografiche come armi spianate. Cercavano il momento perfetto: l'istante in cui il famigliare della vittima perde il controllo, quando il dolore privato diventa intrattenimento pubblico. Come se il mio strazio fosse una merce da vendere, come se il mio controllo – o la perdita di esso – fosse l'unica cosa che potesse dare un senso a quella giornata, ma non gli avrei dato quella soddisfazione: il mio dolore era mio, solo mio, e nessun flash avrebbe catturato l'oceano di emozioni che mi travolgeva dentro. Ho tenuto lo sguardo fisso davanti a me, il viso una maschera di marmo. Ho lasciato che i loro obiettivi cercassero invano una crepa nella mia corazza, mentre dentro di me un uragano continuava a infuriare, inafferrabile e invisibile ai loro occhi famelici.

Il giorno dopo, la voce di mio padre era scossa, al telefono; non di rabbia, ma di un'impotenza che non gli avevo mai sentito: lui, che aveva sempre cercato di proteggerci, si trovava ora a guardare la nostra tragedia famigliare sbattuta sulla prima pagina di un quotidiano, come fosse una fiction da quattro soldi. La foto che avevano scelto era studiata ad arte: io, con gli occhi fissi sull'assassino. E dopo quella chiamata, mi sono ritrovata a fissare il mio profilo Instagram, il cursore che lampeggiava sulla bio come un rimprovero silenzioso. «Live in the NL», due lettere apparentemente innocue che ora, grazie all'accor-

tezza di mio padre, sembravano una porta spalancata sul nostro mondo. Quindi, la sua preoccupazione non era paranoia: era la saggezza di chi aveva visto quanto velocemente la privacy potesse sgretolarsi, di quanto fossero sottili i confini tra il pubblico e il privato. Mentre cancellavo quelle lettere, ripensavo a come fosse cambiata la nostra concezione di sicurezza: prima, condividere era naturale, quasi un riflesso incondizionato della vita moderna. Ora, ogni informazione era un potenziale varco, ogni dettaglio una possibile fessura nella fortezza che stavamo cercando di costruire intorno a ciò che ci restava.

L'aula si è ammutolita quando lui è stato liberato dalla sua cella e si è alzato. Quel silenzio forzato sembrava una beffa: dovevamo tutti tacere per ascoltare le parole di chi aveva ridotto al silenzio eterno mia sorella. Reggeva un foglio tra le mani. Leggeva delle scuse verso la nostra famiglia. E noi, la famiglia Tramontano, eravamo costretti a essere spettatori di questa farsa. A subire l'ennesima violenza: quella di dover accogliere le sue parole come se potessero avere un qualche significato, come se potessero ricostruire ciò che le sue mani avevano distrutto. Come se il perdono fosse un diritto acquisibile attraverso un discorso ben costruito, e non una grazia che lui non avrebbe mai meritato.

La compostezza della mia famiglia in quell'aula era un monumento silenzioso alla dignità del nostro dolore. Io e mio padre abbiamo abbandonato l'aula nello stesso momento in cui abbiamo compreso ciò che stava accadendo intorno a noi: Narciso si stava ancora una volta rifletten-

do allo specchio. Mia madre e mio fratello, invece, sedevano immobili, come statue, mentre lui snocciolava le sue scuse preconfezionate, ma dietro quella calma apparente, ogni sua parola era come sale su una ferita che non si sarebbe mai rimarginata.

Mesi di pianificazione. Settimane di preparazione. Giorni di esecuzione metodica. E ora pretendeva di lavare via tutto questo con un discorso di cinque minuti? La premeditazione non è un errore che si può correggere con delle scuse. Non è un momento di rabbia che può essere perdonato. È una catena di decisioni consapevoli, ognuna delle quali era un'opportunità per fermarsi, per scegliere diversamente. Lui, invece aveva scelto, ogni singola volta, di proseguire. C'è una violenza particolare nel dover assistere al tentativo di un assassino di ripulire la propria coscienza: come se il nostro dolore fosse un palcoscenico per la sua redenzione, come se la nostra presenza fosse necessaria per legittimare il suo pentimento. Ma alcune azioni vanno oltre il perdono, oltre la comprensione, oltre qualsiasi possibilità di riparazione: non esistono parole che possano giustificare l'eliminazione premeditata di una vita umana, nessun discorso che possa bilanciare il peso di una tale scelta.

Chi parla di perdono non comprende che alcuni dolori sono troppo vasti per essere dissolti, troppo pesanti per essere sollevati da un atto di misericordia. Il mio dolore è una presenza fisica, tangibile, che occupa ogni centimetro del mio essere. Non c'è spazio per il perdono in questo corpo che contiene a malapena il mio strazio. Non c'è posto per la pietà in questo cuore che deve già lottare per continuare a battere sotto il peso dell'assenza. Chi mi parla di perdono non capisce che questo dolore è diventato parte di me, come un organo vitale, come il sangue nelle vene. È il mio modo di mantenere vivo il legame con mia sorella, di onorare la violenza della sua assenza. Lascio volentieri ad altri la grazia della fede, la consolazione di affidare a un'entità superiore il peso di questa sofferenza.

L'aula grande del tribunale aveva qualcosa di teatrale nella sua freddezza. I soffitti alti amplificavano ogni minimo rumore: il fruscio delle carte, il bisbiglio degli avvocati, il tintinnio delle manette e il freddo si insinuava attraverso quei vecchi muri, ma non era solo una questione di temperatura: era come se l'ambiente stesso volesse ricordarci l'impassibilità della giustizia.

Ogni mese, lo stesso rituale: gli stessi volti, le stesse procedure, come un orologio ben regolato che scandiva il tempo del nostro dolore. Le udienze si susseguivano con una lentezza esasperante, ognuna portando con sé nuovi dettagli, nuove testimonianze, nuove ferite da riaprire e l'ampiezza dell'aula, invece di dare sollievo, sembrava sottolineare la nostra solitudine.

Durante le lunghe ore di udienza, i miei occhi continuavano a tornare a dei bocchettoni presenti in aula: enormi fauci metalliche che sembravano inghiottire ogni traccia di calore umano dalla stanza. Assieme a mia cugina Rita e a Veronica, una delle mie più care amiche (entrambe architetti), ero giunta a una conclusione: erano quei bocchettoni a rendere l'aula così gelida, nonostante la folla.

C'era una sorta di geografia non scritta del dolore in quell'aula.

Le nostre panche erano diventate un territorio sacro, un'isola di solidarietà famigliare nel mare freddo della giustizia. Giovanni e Daniele, i nostri avvocati, formavano una sorta di barriera protettiva davanti a noi, le loro schiene larghe come scudi tra la nostra famiglia e il resto dell'aula. Il numero di panche che occupavamo fluttuava come le maree, seguendo il ritmo delle presenze; a volte eravamo il nucleo ristretto, altre volte la famiglia si espandeva: le amiche di Giulia, il fratello di mio padre, le sorelle di mia madre e i miei cugini. Il personale del tribunale sembrava capire, senza bisogno di parole: quando serviva più spazio, le panche venivano silenziosamente liberate, come se esistesse un accordo tacito sul fatto che il dolore condiviso necessitasse di più posto per respirare.

La giornata iniziava sempre nel buio di un'alba ancora non nata.

La stazione di Afragola, con le sue luci artificiali che tagliavano l'oscurità, diventava il punto zero di un pellegrinaggio di giustizia. Alle 5.20, il treno portava via i corpi esausti dei miei genitori e famigliari, mentre le loro menti erano già là, in quell'aula fredda che ci aspettava. La giornata si consumava in tribunale e poi di nuovo sul treno, alle 23.00, quando la stanchezza si mescolava a un senso di compimento, anche se amaro. Ma il costo della giustizia non si misurava solo in dolore emotivo. I biglietti del treno, le notti in albergo quando le udienze si prolungavano, i pasti fuori casa: era come se dovessimo pagare per il privilegio di assistere al nostro stesso strazio, come se la ricerca della verità avesse un prezzo non solo emotivo, ma anche materiale.

Era come orchestrare una complessa coreografia di dolore e logistica. Cinque persone da coordinare, ognuna con la propria vita, i propri orari, i propri impegni da sospendere.

Da due angoli diversi dell'Europa, convergevano le nostre traiettorie verso quella fredda aula di tribunale: un esercizio di precisione temporale e organizzativa che si ripeteva a ogni udienza e quando le sedute si prolungavano oltre l'orario dell'ultimo treno, l'ansia cresceva insieme alle lancette dell'orologio. Guardavamo continuamente l'ora, calcolando mentalmente se ce l'avremmo fatta, sapendo già che probabilmente non saremmo riusciti a tornare a casa. Gli alberghi last minute a Milano erano un altro salasso non preventivato, un'altra spesa che si aggiungeva al già pesante bilancio della giustizia.

Cinque. Il numero mi ha colpito come un'onda improvvisa mentre rileggevo. Non era un errore, non lo è mai stato. Nella matematica del cuore, Giulia non è mai stata sottratta dal totale. Il suo posto rimane lì, indelebile, come una cifra scritta non con l'inchiostro ma con l'anima.

La mente sa perfettamente che siamo in quattro a muoverci fisicamente tra stazioni e tribunali, a stringerci sulle panche dell'aula, ma il cuore continua a contare cinque presenze, come ha sempre fatto. Come se l'assenza fisica di Giulia fosse solo un dettaglio tecnico che non può alterare la verità più profonda della nostra famiglia.

Le spese si accumulavano come una valanga silenziosa e c'era chi aveva osato dire, in quella prima fase, che una famiglia che perde una figlia non ha grosse spese legali o giudiziarie: c'è un'ignoranza privilegiata in chi può permettersi di fare simili affermazioni, un'ignoranza che sa di torre d'avorio in chi non ha mai dovuto contare i biglietti dei treni, accumulare ricevute di alberghi, gestire parcelle di avvocati e consulenti. In chi non ha mai dovuto aprire il portafoglio mentre ancora asciugava le lacrime.

L'ignoranza di chi pensa che perdere una figlia sia «solo» un dolore emotivo è quasi offensiva. Come se il sistema non ci costringesse a pagare per ogni passo verso la verità, per ogni tentativo di ottenere giustizia. Come se non dovessimo mettere mano al portafoglio per il «privilegio» di vedere processato l'assassino di nostra figlia. La verità è che la giustizia ha un prezzo, e quel prezzo è sia emotivo sia economico. E solo chi l'ha vissuto sulla propria pelle può davvero comprendere quanto sia salato.

Non essere presenti non è mai stata un'opzione reale. Non quando ogni udienza ricostruiva frammenti della vita di Giulia, della sua gravidanza, dei suoi ultimi momenti. Non quando ogni testimonianza parlava di lei, della sua essenza, delle sue speranze. Di quel bambino che cresceva dentro di lei, due vite intrecciate che sognavano un futuro che non avrebbero mai visto. La nostra presenza in quell'aula era l'ultimo atto d'amore che potevamo compiere per mia sorella: essere lì significava testimoniare che la sua vita non si era conclusa in un fascicolo giudiziario, che non era solo un nome nei verbali.

La nostra presenza in aula trascendeva ogni sacrificio economico e non era una scelta, ma un dovere sacro: essere lì, tenere metaforicamente la mano di Giulia attraverso ogni fase del processo, proprio come non avevamo potuto fare in quel momento finale. Tutto diventava secondario di fronte a questa missione.

Ci siamo trovati a occupare contemporaneamente ruoli diversi in quella drammatica rappresentazione della giustizia: eravamo i protagonisti involontari di una storia che non avremmo mai voluto vivere, oggetto degli sguardi e dell'attenzione mediatica, ma soprattutto eravamo i custodi della verità: eravamo lì per assicurarci che questa verità non venisse mai dimenticata o distorta, che Giulia non venisse mai ridotta a un semplice nome negli atti giudiziari.

È strano come un semplice giuramento possa assumere un peso così diverso quando le parole che stai per pronunciare riguardano tua figlia e tua sorella.

Io e mia madre, in due momenti diversi, ci siamo trovate su quella sedia, di fronte al giudice. L'aula sembrava restringersi intorno a noi, come se ogni respiro degli astanti fosse trattenuto, in attesa. I giornalisti erano lì, penne sospese sopra i taccuini, registratori accesi, pronti a catturare ogni nostra parola, ogni tremito nella voce, ogni pausa. La giuria ci osservava con sguardi che cercavano di essere professionalmente distaccati ma che non potevano nascondere del tutto la loro umanità di fronte al nostro dolore. «Giuro di dire la verità»: parole antiche, rituali, che assumevano un significato completamente nuovo quando la verità che dovevi raccontare era intrecciata con il sangue del tuo sangue. Ogni parola doveva essere precisa, accurata, vera, perché quella verità era tutto ciò che restava della sua storia.

Davanti al giudice, la vita di Giulia si dipanava come un filo prezioso attraverso le nostre parole.

Milano non era stata solo una città per lei, era stato il palcoscenico dei suoi sogni, il luogo dove aveva iniziato a costruire il suo futuro e ogni dettaglio della sua quotidianità assumeva un nuovo significato mentre lo raccontavamo; i suoi tragitti abituali sui mezzi pubblici, quei piccoli rituali che l'avevano resa parte del tessuto della città e ogni angolo di Milano conservava un pezzo della sua storia: il tabacchi dove aveva acquistato le sigarette prima della gravidanza, la palestra che frequentava, il supermercato presso cui era solita rifornirsi, i ristoranti che considerava speciali.

In aula, mentre raccontavamo della nostra famiglia, la figura di mia madre emergeva come un faro nella tempesta.

Le nostre parole disegnavano il ritratto di una donna che ha sempre saputo essere il centro gravitazionale della famiglia, quella forza invisibile ma costante che tiene insieme i pianeti del nostro piccolo universo domestico. C'era una semplicità disarmante nei desideri di mia madre. Un tavolo, le sedie intorno, e la sua famiglia al completo: questo era il suo sogno più grande, la sua idea di felicità perfetta, i suoi cari riuniti insieme, tra il tintinnio delle posate e il calore delle conversazioni.

Oggi quel desiderio così semplice si è trasformato in qualcosa di irraggiungibile. Se le chiedessero cosa le manca, potrebbe elencare mille piccole cose, il rumore dei passi di Giulia per casa, il suo silenzio che sapeva riempire le stanze, il modo in cui sistemava i capelli dietro l'orecchio. Ma in cima a quella lista, scritta con l'inchiostro indelebile del dolore, ci sarebbero due nomi che le fanno tremare il cuore: quello di sua figlia e quello di suo padre, che le sarebbe stato di massimo conforto nei giorni della scomparsa di Giulia e in quelli dopo la sua morte, perché il nonno era un grande punto di riferimento nella vita di mia mamma...

Due assenze che si sovrappongono nel suo cuore di madre e figlia, due vuoti che si fanno eco l'uno nell'altro. Quel tavolo, che una volta rappresentava la completezza, ora ha due sedie che rimarranno per sempre vuote, testimoni silenziose di un desiderio che non potrà più realizzarsi nella sua interezza.

L'empatia di mamma non era solo un tratto del carattere, ma una vera e propria forma d'arte: sapeva intuire, comprendere, accogliere. Era lei che manteneva i canali di comunicazione sempre aperti tra noi, che trasformava ogni silenzio in dialogo, ogni distanza in vicinanza. Anche quando Giulia era a Milano, il filo che la legava a casa non si era mai spezzato, grazie alla capacità di nostra madre di essere presente senza essere invadente, di ascoltare senza giudicare.

La nostra non è solo una famiglia, è una rete di sostegno reciproco, un sistema di radici intrecciate che si alimentano a vicenda e mia madre è il tronco di questo albero famigliare, forte abbastanza da sostenere tutti i rami, sensibile abbastanza da percepire ogni minima vibrazione, ogni bisogno inespresso.

Se mia madre era il cuore della famiglia, mio padre ne era la bussola, ed è così che lo abbiamo descritto in aula: il suo dono è quello di saper navigare attraverso le tempeste emotive con una lucidità quasi chirurgica, non per soffocarle, ma per comprenderle meglio. Come un traduttore simultaneo delle emozioni, sapeva trasformare i sentimenti più complessi in pensieri ordinati, in azioni concrete. Quel suo modo metodico di affrontare ogni situazione non è freddezza, ma una forma diversa di cura.

E in proposito ricordo una frase che ripete spesso e che racchiude la sua essenza: «I figli si baciano la notte». Quel bacio nella notte, delicato come un soffio sulla fronte di un figlio che dorme, racchiude l'essenza più pura dell'amore genitoriale. È un amore che si esprime nel fare più che nel dire: nelle coperte rimboccate con cura, nei pasti preparati con attenzione, nelle ore spese ad aspettare un ritorno, nelle preoccupazioni tenute per sé per non turbare i sogni dei propri figli. Un amore che si nasconde dietro i piccoli gesti, quelli che spesso passano inosservati ma che costruiscono, giorno dopo giorno, le fondamenta sicure su cui i figli possono costruire la propria vita. Quel bacio notturno diventa così il simbolo di una devozione silenziosa, di una presenza costante che veglia anche quando gli occhi sono chiusi, di un amore che non ha bisogno di conferme perché è presente in ogni respiro, in ogni battito, in ogni momento della vita dei propri figli.

Questo è mio padre, un uomo che ci ha sempre guidati e compresi, nonostante il suo rigore e il suo essere di poche parole potrebbe far intendere il contrario. È un equilibrista che cammina con precisione millimetrica su quel filo teso tra ragione e sentimento, mostrando a tutti noi come sia possibile tenere insieme questi due mondi apparentemente opposti. Non reprime l'emotività di mia madre, ma la integra nella sua visione razionale, creando uno spazio dove entrambi gli approcci non solo coesistono, ma si rafforzano a vicenda. È un bilanciamento delicato, quello della nostra famiglia, composto di due forze apparentemente opposte che, insieme, hanno creato il terreno fertile dove Giulia è cresciuta e ha imparato a fiorire.

Queste pagine raccontano più di una tragedia famigliare: raccontano il Dna di una famiglia che ha saputo costruire un tessuto così resistente da sopravvivere anche al dolore più straziante. Mostrano come l'amore possa assumere forme diverse – quello viscerale di una madre, quello analitico di un padre – e come queste forme, insieme, creino uno spazio dove crescere protetti ma liberi, amati ma autonomi.

Nel profondo del mio cuore, come un tesoro custodito in uno scrigno segreto, conservo intatto il ricordo di com'erano una volta i miei genitori: una famiglia unita che si ritrovava immancabilmente a tavola ogni fine settimana, condividendo pranzi e momenti di gioia. Quel ricordo, così dolce e al tempo stesso così doloroso dopo la perdita di Giulia, rimane sigillato in un angolo della memoria.

La realtà mi ha costretto ad accettare una verità diversa: i miei genitori sono diventati altre persone, distanti da quell'immagine che gelosamente custodisco. Chi legge queste pagine non troverà solo il racconto di ciò che abbiamo perso, ma anche la testimonianza di ciò che siamo: una famiglia che ha saputo intrecciare l'emotività e la ragione, la protezione e la libertà, l'unità e l'individualità. È questo il mondo in cui Giulia è cresciuta, è questa l'eredità che ci ha lasciato, ed è questa la forza che, ancora oggi, ci permette di attraversare il dolore senza esserne sopraffatti.

Le radici non sempre tengono l'albero ancorato alla terra che l'ha visto nascere e così è stato per noi, figli di una famiglia come tante, spinti dal vento delle ambizioni verso la grande città. Per alcuni di noi, quelle luci metropolitane hanno illuminato la strada del successo. Per mia sorella, invece, si sono trasformate in ombre che l'hanno lentamente avvolta nel buio e la nostra, non è solo una storia di partenze e ritorni, ma anche di quanto le mani dei genitori continuino a sostenerci, anche da lontano. Le loro tasche, ma non solo quelle, mai troppo vuote per un figlio in difficoltà, si sono aperte ancora una volta durante la gravidanza di mia sorella.

Questa è anche una storia che sfida le favole che ci hanno raccontato.

Quelle in cui ogni bambino in arrivo porta solo sorrisi, ogni gravidanza è accolta con gioia incondizionata: la realtà, come abbiamo scoperto, ha sfumature più complesse. A volte, il test positivo non porta l'arcobaleno promesso, ma nuvole cariche di preoccupazioni concrete. I sogni si scontrano con i conti da pagare, con le responsabilità che non aspettano, con un futuro che richiede più certezze che speranze.

È una storia di famiglia vera, con le sue crepe e le sue riparazioni, dove l'amore non basta sempre a colmare il divario tra desideri e possibilità, ed è la storia di una famiglia che «era», perché nessuno di noi, è più quello di un tempo.

Varcavamo la soglia di quell'aula come soldati di una battaglia interiore, trascinati da una forza che sgorgava dalle nostre ferite più profonde e il dolore, anziché piegarci, si era trasformato in una corazza invisibile che ci spingeva avanti.

Ma in quel campo di battaglia giudiziario, abbiamo

scoperto di non essere soli: come un'onda silenziosa di solidarietà, le persone nell'aula di tribunale si trasformavano da spettatori in alleati. Si avvicinavano, uno dopo l'altro, portando non solo parole di conforto, ma brandelli di umanità in un luogo solitamente freddo e formale. I loro complimenti, sussurrati nei corridoi o condivisi con sguardi di comprensione, diventavano balsamo per le nostre ferite. E poi c'erano loro, gli artisti, che avevano trasformato il nostro dolore in bellezza, portando opere dedicate a Giulia, come se attraverso l'arte potessero mantenere viva la sua presenza, trasformando il lutto in colori e forme, in un tributo eterno alla sua memoria.

In quell'aula, ogni udienza non era solo un altro passo verso la giustizia, ma un rituale collettivo di resistenza e memoria.

Ogni disegno, ogni parola scritta, ogni morbido pupazzo lasciato in suo ricordo è diventato un frammento prezioso della memoria di Giulia e noi, come custodi di un tesoro fatto di amore e dolore, abbiamo raccolto questi tributi spontanei, questi messaggi d'affetto che hanno preso forma dalle mani di chi l'ha conosciuta e di chi, pur non avendola mai incontrata, è stato toccato dalla sua storia. Con cura reverenziale, abbiamo distribuito questi pegni di memoria nei luoghi che ora la rappresentano.

Alcuni hanno trovato posto nella sua stanza a Napoli, altri sono stati portati al cimitero e in via Monte Rosa a Senago, quel luogo che non avremmo mai voluto conoscere ma che ora fa parte indissolubile della sua storia. Anche lì, alcuni di questi oggetti sono stati lasciati come testimoni silenziosi, trasformando uno spazio di tragedia in un memoriale spontaneo, dove il ricordo di Giulia continua a vivere attraverso l'arte e l'affetto di chi non vuole dimenticare.

Durante il processo, il sostegno era davvero palpabile, quasi tangibile, ma poi arrivava il momento in cui le pesanti porte dell'aula si chiudevano con un tonfo sordo alle nostre spalle.

Il rumore metallico delle porte del treno che si serravano segnava il confine tra due mondi: quello della solidarietà collettiva e quello del nostro dolore privato. In quei vagoni che ci riportavano verso casa, circondati da pendolari ignari, il silenzio diventava assordante. Eravamo solo noi, con i nostri pensieri che rimbombavano più forte dello sferragliare sulle rotaie, con le nostre lacrime trattenute, con quel vuoto che nessuna manifestazione di supporto poteva colmare.

Certo, l'affetto dei nostri cari ci avvolgeva come una coperta nelle notti più fredde, ma il dolore non si può condividere, non veramente. Resta tuo, si annida nelle ossa, si fa sentire più forte proprio quando gli altri non possono vederlo.

Tornavamo a casa svuotati.

Ogni udienza ci prosciugava di ogni energia, ogni giorno in tribunale ci rubava un altro pezzo di vita. Eravamo contenitori vuoti che si trascinavano tra le mura domestiche, consapevoli di una verità che bruciava più di qualsiasi altra: in questa battaglia non c'era vittoria possibile. Non c'era un traguardo che potesse restituirci ciò che avevamo perso, non c'era sentenza che potesse riempire il vuoto.

È straziante dover lottare per qualcosa che dovrebbe essere naturale come l'aria che respiriamo. La giustizia – quella parola che dovrebbe essere garanzia, diritto fondamentale – si trasforma in una meta da raggiungere attraverso una maratona estenuante. Una corsa che ti prosciuga, ti consuma, ti lascia senza fiato e senza forze.

La sentenza

Quel 25 novembre 2024, il giorno della sentenza, ci siamo ritrovati al punto di partenza. Come un circolo perfetto che si chiude su se stesso, abbiamo completato un percorso che non ci ha portato da nessuna parte. Tutto quello sforzo, tutta quella fatica, tutte quelle energie consumate in aula – per cosa? Il verdetto è arrivato, sì, ma non ha colmato il vuoto. Non ha ricostruito ciò che era stato distrutto.

Zero più zero fa sempre zero e la «vittoria» legale non ha fatto altro che confermare la nostra perdita, cristallizzandola in un documento ufficiale. La giustizia è arrivata, ma non ha portato con sé quella pace che, ingenuamente forse, speravamo di trovare alla fine di questo percorso.

Mentre il giudice leggeva il dispositivo, il tempo ha perso la sua linearità.

Come una pellicola impazzita che sfugge al proiettore, i fotogrammi della mia vita hanno iniziato a scorrere davanti ai miei occhi, incontrollabili, vorticosi. Le strade di Napoli, dove tutto è iniziato, dove sono cresciuta tra i vicoli che profumano di mare e di storia. Gli anni di studio, divisi tra le aule italiane e quelle straniere, ogni esperienza un tassello che costruiva il mosaico di chi stavo diventando. Mi vedevo sorridere nei ricordi, grata per quella famiglia che il destino mi aveva regalato, consapevole della fortuna di essere cresciuta in un nido di amore e sostegno.

La vita sembrava un film ben scritto, con una trama che si dipanava secondo copione, scene che si susseguivano con naturale fluidità. Poi, come un proiettore che s'inceppa, tutto si è fermato su quel singolo fotogramma: una telefonata. Un semplice squillo che ha fatto crollare il castello di carte della normalità e in quell'istante, il film della mia vita ha cambiato genere, trasformandosi nel più terribile degli incubi. Un incubo da cui non ci si sveglia al mattino, che continua a proiettarsi, senza fine, senza possibilità di cambiare canale.

Cosa siamo diventati ora?

La metamorfosi è stata brutale, irreversibile. Da farfalla a pietra, da brezza a tempesta. La leggerezza di un tempo si è bloccata in un peso, ma non è solo il mio corpo a essere diventato pesante, è l'intera costellazione famigliare che si è trasformata in un sistema in collasso: mia sorella, la cui assenza pesa più di qualsiasi presenza, non è più tra noi.

E la nostra famiglia, un tempo unita come le dita di una mano, ora è frantumata in pezzi che non combaciano più.

Da una parte dello specchio infranto, c'è lui, rinchiuso dietro le sbarre di una cella, e sua madre, piegata dal peso di un fallimento educativo che non potrà mai rimediare. Dall'altra parte, c'è mia madre, le cui lacrime continuano a scorrere per quel diamante che aveva custodito nel suo grembo. Giulia – il suo fiore più delicato, la sua gemma più preziosa – prima che la brutalità la strappasse via, come un vandalo che devasta un giardino senza motivo.

Due vite spezzate in un solo gesto: Giulia e il bambino che cresceva dentro di lei, entrambi strappati al futuro dalla lama impugnata da chi avrebbe dovuto essere custode del loro amore, protettore della loro esistenza. Un padre che ha scelto di diventare carnefice, trasformando il suo ruolo di creatore di vita in quello di portatore di morte. E di fronte a questa tragedia, c'è un altro padre, il nostro, consumato da un dolore che si nutre di «se solo» e «avrei dovuto». Un uomo tormentato dal più antico dei doveri paterni: proteggere i propri figli.

E nel vasto mare del dolore, noi fratelli sopravvissuti continuiamo a navigare, cambiando ruoli come il vento cambia direzione: a momenti siamo marinai esperti, le mani callose strette alle corde della quotidianità, che lottiamo contro onde di sofferenza per mantenere la nave sulla rotta, i muscoli tesi nello sforzo di non perdere la bussola mentre la tempesta infuria intorno a noi. Altre volte ci ritroviamo al timone, capitani per necessità più che per scelta, con il peso delle decisioni impossibili che grava sulle nostre spalle: come proteggere ciò che resta della famiglia, come onorare la memoria di chi non c'è più, come impedire che il dolore ci faccia affondare tutti. Ma ci sono giorni in cui siamo solo naufraghi, corpi alla deriva nell'immensità della perdita e ci aggrappiamo disperatamente ai relitti della nostra vita precedente, come un ricordo, uno sguardo dei nostri genitori o un frammento della loro forza. Come sopravvissuti dopo un naufragio, cerchiamo di ricostruire una zattera con i pezzi della nave distrutta, sapendo che non potrà mai essere solida come l'imbarcazione che abbiamo perso.

Tentiamo di ricucire una nuova normalità da questi brandelli di vita, consapevoli che il mare non restituirà mai ciò che ha inghiottito. Cerchiamo un nuovo equilibrio, anche se sappiamo che sarà sempre precario, sempre in bilico tra la superficie e l'abisso. Perché questa è la nostra realtà ora: sopravvissuti che devono imparare a navigare in acque che non avrebbero mai voluto solcare.

In quel momento, mentre le parole del dispositivo risuonavano nell'aula, qualcosa si è spezzato dentro di me. «È finita»: un pensiero semplice che ha portato con sé il peso di una verità che avevo cercato disperatamente di tenere a distanza. Solo allora ho davvero compreso che mia sorella non sarebbe più tornata.

Per un anno intero, il processo era stato il mio scudo, la mia ancora di salvezza. Mi ero aggrappata a ogni udienza, a ogni testimonianza, a ogni documento come se fossero stati fili che ancora mi legavano a lei. La battaglia legale era diventata una forma di negazione, un modo per rimandare il momento in cui avrei dovuto accettare che Giulia non c'era più. Era più facile concentrarsi sulle carte, sui testimoni, sulle procedure, che affrontare il vuoto della sua assenza.

Ora che tutto è concluso, mi ritrovo a raccogliere i frammenti del mio cuore infranto. Sono come pezzi di un mosaico che non tornerà mai più come prima, ma che forse può essere ricomposto in una nuova forma. E questo libro diventa il primo passo di questo cammino verso l'accettazione, un viaggio introspettivo attraverso il dolore e la memoria. Non è più una fuga in avanti, ma un guardare dentro, un tentativo di dare un senso a ciò che senso non ha, di trovare un modo per continuare a vivere portando con me il suo ricordo.

Lasciare andare

Nella vita dopo la morte di Giulia ho imparato tante cose, ma tra le tante ce n'è una in particolare... lasciare andare. Ti lascio andare. Non è stato facile. All'inizio, ogni mattina mi svegliavo e la realtà mi colpiva come un'onda gelida: Giulia non c'era più, mia sorella, la mia migliore amica, la persona che conosceva tutte le mie storie, che rideva alle mie battute, che mi chiamava per raccontarmi le sue paure e i suoi sogni... era stata portata via per sempre. Ci sono giorni in cui il dolore è così acuto che mi toglie il respiro, come se qualcuno avesse strappato una parte di me, lasciando solo un vuoto che niente può colmare. I primi mesi sono stati un susseguirsi di «come» e «perché». Come poteva essere successo? Perché a lei? Perché a noi? Poi ho capito che queste domande non avevano risposta. O meglio, le risposte non avrebbero cambiato nulla. Così ho imparato, giorno dopo giorno, a lasciare andare.

Non il ricordo di Giulia – quello lo custodisco gelosamente – ma la rabbia, il risentimento, l'ossessione di capire. Ho imparato che posso portare mia sorella con me senza portare anche il peso schiacciante della sua assenza. A volte la sento vicina, nei momenti più inaspettati è come se mi sussurrasse all'orecchio: «Vivi, Chiara. Vivi anche per me». E così faccio. Vivo. Non è la vita che avevo immaginato, questa è un'esistenza segnata da una perdita incolmabile, ma è comunque piena di significato, di amore, di ricordi preziosi.

Giulia mi ha insegnato la forza anche con la sua assenza. Mi ha insegnato che possiamo sopravvivere anche al dolore più grande. E che, a un certo punto, dobbiamo semplicemente lasciarci andare. Non dimenticare, non cancellare, ma accettare. E continuare a camminare, con il suo ricordo nel cuore.

È anche grazie a quello che lei era, che io sono quella che sono ora e riconosco la sensibilità, perché me l'ha insegnata proprio Giulia. Io l'ho vista la sensibilità: l'ho vista in come guardava il mondo, in come si prendeva cura degli altri, in come notava i dettagli che agli altri sfuggivano. La sua capacità di percepire le emozioni altrui, di sentire il dolore e la gioia degli altri come fossero suoi. Io non sapevo cosa fosse davvero la sensibilità, la confondevo con la debolezza, con la fragilità, ma lei mi ha mostrato quanto fosse potente: la capacità di vedere oltre la superficie, di connettersi con le persone a un livello più profondo, di cogliere le sfumature dell'esistenza.

Grazie a lei, ho imparato a guardare il mondo con occhi diversi, più attenti, più compassionevoli. E ora porto con me questa eredità. Quando riesco a confortare qualcuno che soffre, quando percepisco una tensione non detta, quando mi commuovo per un gesto di gentilezza, quando ascolto con attenzione... è lei che continua a vivere in me.

La sua sensibilità è diventata parte di me, un dono che mi ha lasciato e che cerco di onorare ogni giorno.

Sensibilità che si rispecchiava anche nel suo modo di fare quando nell'ultimo periodo non ci confidavamo più: all'apparenza poteva sembrare che portasse avanti questa decisione con fermezza, che avesse eretto un muro tra noi, ma mamma mi ha detto che Giulia chiedeva sempre di me: in segreto, quando pensava che nessuno potesse notare quanto le importasse, faceva domande su come stessi, cosa facessi, dove fossi. E ho saputo che, sempre nell'ultimo periodo, quando vivevo a Genova, mi chiamava «Decathlon», perché molte volte non rispondevo a videochiamate o chiamate di famiglia perché ero impegnata con il padel, il tennis o la palestra.

Questo soprannome affibbiatomi racchiudeva tanto di lei, il suo umorismo pungente ma mai cattivo, la sua capacità di cogliere le piccole abitudini degli altri e trasformarle in affettuosi momenti di ironia. Ho sorriso quando l'ho saputo, immaginandola mentre mamma le raccontava di sua sorella sempre impegnata in qualche attività sportiva, troppo presa per rispondere al telefono. Non c'era risentimento nelle sue parole, solo quella dolce ironia che avevamo sempre condiviso. Mi piace pensare che, se avessimo avuto l'opportunità di parlare ancora, mi avrebbe chiamata così di persona, e avremmo riso insieme di questa mia passione per lo sport che sembrava sempre prendere il sopravvento sulle chiamate famigliari.

E pensare che ora lo sport è diventato una trappola per non pensare, perché nel silenzio, nei momenti di pausa, i pensieri mi travolgono come un'onda anomala: domande senza risposta, ricordi, dolore. Tutto diventa troppo intenso, troppo reale quando mi fermo. Così mi muovo, continuamente: palestra, corsa… qualsiasi attività mi permetta di concentrarmi sul respiro affannoso, sui muscoli che bruciano, sul sudore che scorre. È una via d'uscita, un rifugio temporaneo al dolore, lo so, ma quando mi alleno, esisto solo nel momento presente e non c'è spazio per i rimpianti del passato o le paure per il futuro. C'è solo il conteggio delle ripetizioni, il ritmo dei passi, la fatica che sovrasta tutto il resto. Ma è anche un'arma a doppio taglio, perché so che, in parte, sto scappando e che prima o poi dovrò affrontare quei momenti di quiete, dovrò imparare a convivere con il silenzio senza che mi divori dall'interno. Eppure, non sono ancora pronta, nemmeno ad affrontare i trenta secondi di riposo tra un esercizio e l'altro. Trenta secondi. Cosa sono trenta secondi nella vita di una persona? Niente. Un battito di ciglia, ma per me sono abissi senza fondo in cui rischio di precipitare.

Perché in quei trenta secondi, quando il corpo si ferma anche solo per riprendere fiato, la mente corre, vola, si lancia in territori che cerco disperatamente di evitare.

La maggior parte delle volte la mia sessione di palestra termina con un pianto. E in qualche modo va bene così, perché fortunatamente i tre istruttori della palestra sono italiani – ora vivo in Olanda – e conoscono la mia storia. A volte uno di loro si avvicina silenziosamente per offrirmi un bicchiere d'acqua, altre volte si limitano a chiedere con delicatezza come sto. Ma non riesco più a stare ferma, nemmeno a casa: non riesco a sedermi e guardare una serie tv come facevo prima. È ironico: quei momenti di riposo che dovrebbero essere un sollievo, diventano piccole torture quotidiane. Però questo è il modo in cui mia sorella fa parte della mia nuova esistenza.

In ogni passo che faccio in questo Paese nuovo, in

questa vita che sto costruendo lontano da casa, Giulia è con me. Non come l'avevo immaginato, non fisicamente accanto, nelle chiamate di famiglia o nelle visite che avremmo potuto fare, ma come una presenza costante nei miei pensieri, nelle mie scelte, nel mio modo di vedere il mondo e di affrontarlo. Ogni giorno imparo a fare spazio a questa nuova realtà, dove l'amore persiste anche quando la persona non c'è più.

Mi chiedo se un giorno sarò in grado di stare ferma senza sentirmi morire dentro, se riuscirò a trovare pace in quei momenti di pausa invece che tormento, se potrò ricordare Giulia senza che il dolore mi tolga il respiro. Non lo so. Per ora, continuo a muovermi, a correre, a sollevare pesi. E a temere quei maledetti trenta secondi tra un esercizio e l'altro.

Senza risposta

Io non lo so perché nella mia vita è capitata questa tragedia indescrivibile, non trovo una giustificazione. Perché a noi? Perché a Giulia? Perché la nostra famiglia? È la domanda che mi perseguita nelle notti insonni, nei momenti di quiete che tanto cerco di evitare: la domanda più antica dell'umanità di fronte al dolore, e allo stesso tempo la più personale, la più lacerante. Ci sono persone che trovano conforto nelle risposte: il destino, il piano divino, la sfortuna, il karma. Qualsiasi cosa che possa dare un ordine, un senso a ciò che sembra casuale e crudele. Io ho provato a cercare queste risposte, ho provato ad aggrapparmi a qualsiasi spiegazione che potesse rendere più sopportabile questa realtà, ma non funziona. Non per me.

Ogni possibile risposta suona vuota, insufficiente, quasi offensiva nella sua semplicità di fronte all'enormità di ciò che abbiamo perso. Come può esistere una giustificazione per la vita spezzata di una giovane donna piena di sogni, di amore, di futuro? Come può esistere una spiegazione che renda accettabile il dolore dei miei genitori che hanno dovuto seppellire la propria figlia? «Tutto accade per una ragione» mi dicono. Ma quale ragione potrebbe mai essere sufficiente? Ho imparato che è più onesto, più autentico, ammettere che non c'è giustificazione e che alcune cose accadono senza un perché che possiamo comprendere o accettare. Che il dolore esiste, brutale e insensato, e nessuna filosofia o religione può addomesticarlo completamente.

Giulia era vita, era risate improvvise e abbracci stretti, era discussioni accese e riconciliazioni silenziose. Era progetti per il futuro e ricordi d'infanzia. Era complessa, contraddittoria, meravigliosa nella sua umanità. Come può esserci una spiegazione per la sua assenza che non suoni come un insulto a tutto ciò che era? Forse la verità è che dobbiamo imparare a vivere senza risposte.

C'è chi perde il padre per un cancro, chi perde la madre, chi rimane orfano, ma a me hanno ucciso una sorella.

Provo invidia per le persone il cui problema principale è decidere cosa cucinare l'indomani. Invidio chi vive una vita in cui non deve costantemente preoccuparsi di genitori sull'orlo del suicidio.

Questa invidia mi accompagna ogni giorno. Non è cattiveria, non è rancore: è una consapevolezza acuta e dolorosa di quanto la mia vita sia irrimediabilmente diversa. Lo vedo quando cammino per strada, quando entro in un bar, quando osservo i social media. Vedo persone la cui preoccupazione più grande è se pioverà durante il weekend, se riusciranno a prenotare il ristorante che desiderano, se i loro capelli sono perfetti per una foto. Ed è come guardare attraverso un vetro, un mondo che una volta era anche il mio e a cui non posso più accedere.

Mi ritrovo a osservare questi frammenti di normalità con uno struggimento che non saprei descrivere. Una ragazza che ride al telefono. Un papà che gioca con sua figlia al parco. Una famiglia che discute animatamente su quale film vedere. E penso: loro tornano a casa e trovano tutti. Loro non hanno un vuoto incolmabile al centro della loro esistenza. Loro non devono chiamare i propri genitori ogni giorno per assicurarsi che siano ancora vivi, che non abbiano deciso che il dolore è troppo grande da sopportare, perché mia mamma, per mesi, si fermava sul balcone – viviamo al quinto piano – con la scusa di fumare, ma non accendeva la sigaretta; si limitava a stare lì, sul balcone, a fissare il vuoto, a misurare con lo sguardo l'altezza dei cinque piani, in silenzio.

Prima mi preoccupavo per l'esame all'università, per il lavoro, per le relazioni. Mi lamentavo del traffico, del clima, di sciocchezze. Ora darei qualsiasi cosa per avere il lusso di preoccuparmi di quelle banalità. Darei qualsiasi cosa per avere genitori che si lamentano della politica invece che una madre e un padre che adornano la lapide della propria figlia, in dubbio se comprare tulipani o rose bianche. Darei qualsiasi cosa per poter chiamare mia sorella e discutere delle nostre vite quotidiane. È un'invidia che brucia, che fa male fisicamente. E poi mi sento in colpa per questa invidia. Chi sono io per giudicare le vite degli altri? Forse anche loro hanno dolori che non mostrano, battaglie che combattono in silenzio.

Poi penso: no, non è lo stesso, non è come avere una sorella assassinata. Non è come vedere i tuoi genitori disintegrarsi davanti ai tuoi occhi. Non è come sentirsi dire che dovrai testimoniare in tribunale contro l'uomo che ha distrutto la tua famiglia. C'è un abisso tra il dolore ordinario e quello che noi viviamo. Un abisso che nessuna empatia può davvero colmare.

Vivere dopo Giulia

Il tempo non cancella, ma trasforma. Oggi porto dentro di me un pezzo dell'anima di mia sorella, come se il dolore avesse fuso due essenze in una nuova identità: sono 60 per cento Chiara, 40 per cento Giulia. Non sono la stessa persona di prima, e forse non lo sarò mai più. La perdita di Giulia mi ha portata a riconsiderare ogni aspetto della mia esistenza, compreso l'amore: ho preso decisioni difficili, come quella di chiudere una relazione di cinque anni, non per rassegnazione ma per un rinnovato rispetto verso me stessa e la vita. Mi sono data il lusso e la possibilità di continuare a vivere, di provare qualcosa, trasformando il dolore in una spinta verso il futuro. Ho provato a iniziare un percorso di psicoterapia due volte, ma in entrambi i casi l'ho interrotta. Mio padre mi ha fatto riflettere quando mi ha detto: «Tu vuoi dire alla psicologa quello che ti deve dire». E aveva ragione, non ero pronta ad aprirmi veramente, a lasciarmi guidare nel percorso di elaborazione del dolore. Forse è lo stesso meccanismo che mi ha portato a chiudere quella relazione di cinque anni: dopo una tragedia così grande, tutto diventa atrofizzato, perché hai provato un dolore talmente immenso che tutto quello che c'è intorno quasi non conta più. Niente sembra abbastanza importante, abbastanza intenso da meritare la tua attenzione, il tuo coinvolgimento emotivo. È come se il dolore avesse alzato l'asticella delle emozioni a un livello così alto che il resto sembra sbiadito, insignificante. E forse è proprio per questo che ho deciso di darmi una possibilità diversa, di provare a sentire di nuovo qualcosa, anche se significa ricominciare da zero, lasciare andare ciò che prima della tragedia sembrava così importante.

A proposito di lasciare andare, a ottobre ho deciso di lasciare Genova, perché al mio rientro in IIT non riuscivo più a sopportare gli sguardi carichi di pietà. Li vedevo interrogarsi, anche senza parlare: «Come fa ad alzarsi dal letto ogni mattina?». Era come se ogni occhiata, ogni espressione di compassione mi ricordasse continuamente il mio dolore, come se non potessi essere altro che «la sorella di», come se la mia identità si fosse cristallizzata in quel momento tragico. Non volevo essere guardata come un miracolo ambulante, come qualcuno che sopravvive nonostante tutto. Volevo solo la possibilità di esistere, di respirare, di provare a vivere senza il peso costante di quegli sguardi che mi inchiodavano al ruolo di sopravvissuta. Ogni volta che li incrociavo pensavo: «Se domani mi guardi ancora così, non torno». E alla fine non ce l'ho fatta più. Non volevo la pietà delle persone, non volevo essere compatita. Volevo solo essere Chiara, non un simbolo vivente della tragedia.

È stato il momento in cui ho realizzato che la mia identità professionale stava svanendo.

Non ero più vista come una ricercatrice, con le mie competenze, i miei studi, le mie ambizioni. Su internet, nei database, nelle ricerche, il mio nome era legato solo a quello di mia sorella. Ero diventata unicamente «la sorella di Giulia». La mia carriera, tutto quello per cui avevo studiato e lavorato, sembrava dissolta, cancellata da questa nuova identità che mi era stata imposta dalla disgrazia. Non ero più io, con la mia professionalità e le mie aspirazioni, ero solo un'estensione di quella terribile storia che aveva colpito la mia famiglia.

Così ho scelto l'Olanda, un Paese che Giulia amava profondamente e la differenza qui è fondamentale: al lavoro, le persone mi conoscono innanzitutto per quello che sono, per le mie capacità, per la mia personalità. La mia storia viene dopo, non è più quell'etichetta che mi precedeva ovunque, che offuscava tutto il resto.

Qui posso essere di nuovo Chiara, una persona intera, non solo il riflesso di un dolore.

Prima di ricominciare la mia vita, sono rimasta due mesi a Napoli, a casa.

Non potevo andarmene, non ancora. Avevo fatto una promessa a me stessa e a mia madre: «Non me ne vado da qui finché non torni a lavorare». Sapevo che il lavoro l'avrebbe aiutata, le avrebbe dato un ritmo, una routine. Almeno metà giornata l'avrebbe passata fuori casa, e l'altra metà al cimitero. Era un pensiero doloroso, ma era comunque un passo avanti ed era un modo per ricominciare a vivere, anche se quella vita ora includeva le visite quotidiane a Giulia. Dovevo essere sicura che i miei genitori avessero ritrovato almeno questa parvenza di normalità, questa routine fatta di lavoro e di ricordo, prima di poter pensare di ripartire. E così ho fatto.

Sarebbe stato naturale riprendere il mio tran tran a Genova, era la mia seconda casa, e sarei tornata volentieri: c'era la mia vita di prima, i miei punti di riferimento, i miei spazi, ma dopo quello che è successo, tutto è cambiato. La mia vita a Genova avrebbe potuto riprendere solo il 28 maggio, se l'avessi trovata. Se avessi trovato Giulia, ma così non è stato. Giulia non c'è più e con la sua morte è svanita anche la possibilità di riprendere quella vita. Non poteva esserci un nuovo inizio possibile a Genova, perché ogni angolo della città mi ricordava quel giorno, quella ricerca, quella speranza spezzata.

La mia vita lì si è fermata in quel momento, e non è mai davvero ripartita.

Eindhoven è stata la scelta migliore, con Giulia costantemente assieme a me. Ora è come se fossimo un fiore e un vaso: lei era, anzi è, il fiore e io sono il vaso. Due entità profondamente diverse, come lo siamo sempre state, ma inseparabili, destinate a completarsi. Il vaso è solido, tangibile, concreto – come me che sono rimasta qui, in questo mondo materiale – e il fiore è delicato, etereo, sospeso tra la fragilità e la bellezza – come Giulia, che ora esiste in una dimensione che sfugge ai miei sensi, ma non al mio cuore. E poi c'è l'acqua, l'elemento liquido che nutre, che mantiene vivo il fiore, che occupa lo spazio tra il contenitore e ciò che è contenuto, come l'amore che continua a fluire tra noi, che non conosce barriere, nemmeno quella tra la vita e la morte.

Questa immagine del fiore e del vaso mi accompagna nei giorni difficili, perché mi ricorda che anche se il fiore non è più visibile, io continuo a essere il suo vaso, come in fondo lo sono sempre stata, con il mio carattere più inflessibile. La porto con me, la custodisco, le offro uno spazio in cui esistere, anche se in forme diverse da quelle che conoscevo. E forse, in qualche modo misterioso, continuo anche a nutrirla con il mio amore, come l'acqua che, invisibile, passa dal vaso al fiore.

Nei momenti in cui osservo la realtà attraverso la lente spietata della razionalità, ci vedo per quello che siamo: ombre silenziose che gravitano verso una lapide, cercando in quel marmo freddo un qualche conforto al nostro dolore. Quando ritorno a Napoli, il pellegrinaggio alla sua tomba è diventato un rituale quotidiano, un richiamo a cui il mio cuore risponde quasi involontariamente, come se quel luogo fosse diventato una calamita per la mia anima inquieta. È il nostro spazio sacro, dove il silenzio diventa dialogo: io, lei, e l'infinito delle parole mai dette che fluttuano nell'aria come petali invisibili.

In questi istanti preziosi, mentre i fiori sussurrano la loro silenziosa poesia di rinascita, mi abbandono dolcemente al sogno che non tutto sia scivolato via per sempre, che da qualche parte il nostro dialogo continui ancora.

Ogni giorno, alle tredici in punto, la sirena del cimitero di Sant'Antimo risuona come un richiamo dal mondo dei vivi, ricordandomi che oltre quei cancelli la vita continua il suo corso inesorabile. Prima di andare, compio il mio rituale d'addio: le mie labbra sfiorano la sua immagine, le dita percorrono il contorno della sua figura scolpita nel marmo e si fermano su quel ventre che custodiva Thiago, un saluto impossibile a due anime intrecciate. Mentre mi allontano verso l'uscita sento che una parte di me rimane lì, come se ogni visita lasciassi qualcosa di me su quella panchina accanto alla sua lapide.

A volte mi piace pensare che sia lei a raccogliere questi frammenti del mio cuore, custodendoli nel suo eterno abbraccio.

Ogni volta che parto da Napoli, il momento più brutale è quando le porte scorrevoli dell'aeroporto di Capodichino si chiudono alle mie spalle, sigillando dentro di sé un intero universo di dolore. La mia tragedia, come un'ombra senza documento d'identità, non può varcare quei confini: rimane ancorata a questa città, dove sono marchiata per sempre non più come persona ma come etichetta – la sorella di una donna uccisa dalla violenza di un uomo. Varcata la soglia del mio laboratorio in Olanda, il camice bianco diventa il mio scudo, permettendomi di tornare a essere quella ricercatrice che ero prima che il destino spezzasse la vita di Giulia.

È come se esistessero due me stesse: quella olandese, concentrata sulla scienza; e quella italiana, custode di un dolore profondo.

Il mio strazio rimane un segreto silenzioso, un ponte invisibile tra queste due identità – un tesoro di sofferenza che porto nell'anima ma che solo la Chiara che vive in Italia conosce veramente. La cicatrice che ho nell'anima, che mi ha spinto lontano dall'Italia, paradossalmente è diventata la lente attraverso cui ho imparato a vedere il valore profondo di ogni istante della mia vita presente.

Cara Giulia, non credere che il mio silenzio sia un tentativo di cancellarti dalla vita che ora vivo: è il mio modo di custodire il nostro legame, di proteggerlo come un fiore delicato dal vento troppo forte del mondo. La nostra storia, così intima e preziosa, è come un libro dal dorso dorato che tengo chiuso nel cassetto più speciale del mio cuore, un tesoro troppo sacro per essere esposto agli occhi di tutti. Questo è il mio modo di tenerti viva dentro di me, di continuare a camminare portandoti nell'anima, di trovare la forza di andare avanti senza perderti mai.

So che il mio cuore recherà sempre questa ferita, una cicatrice che imparerò a portare con me come una parte del mio essere. Non riesco a vedere un orizzonte, nemmeno in un futuro lontano – dieci, vent'anni –, in cui questa storia troverà una conclusione che io possa accettare serenamente. La pace vera potrebbe arrivare solo se potessi tornare indietro, fare di più, essere più presente prima che lei ci lasciasse, ma il tempo è una strada a senso unico: posso solo camminare verso il domani, portando con me il peso di ciò che non posso cambiare e agendo nel presente con la consapevolezza dolorosa che il passato resta immutabile.

«Come stai?» mi chiedono spesso.

Alla domanda «come stai?» non esiste più una risposta che possa contenere la complessità del mio sentire: «Bene» suona come una menzogna, «male» cattura solo un frammento di ciò che vivo. Persino negli istanti di gioia più pura – quando ho stretto per la prima volta mia nipote tra le braccia, o quando ho raggiunto traguardi importanti nel mio percorso di ricerca – c'è sempre un'ombra, un vuoto incolmabile che sussurra che la felicità non potrà mai essere completa: ogni momento di gioia porta con sé il peso di un'assenza, un posto vuoto al tavolo della vita che nessun successo potrà mai riempire; proprio quando il sorriso si fa più luminoso, il pensiero della sua assenza lo vela come una nuvola davanti al sole. È un dolce veleno che si insinua in ogni istante di gioia, ricordandomi che lei non è qui a condividere questi momenti. Non c'è rimedio a questa condizione del cuore, perché ogni gioia recherà con sé questo sapore agrodolce, questa presenza costante dell'assenza, questo spazio vuoto accanto a me, dove lei dovrebbe essere per completare il quadro della mia felicità.

Questo sapore agrodolce, questo dolore, non li posso abbandonare, anzi, non li voglio abbandonare.

Mi aggrappo al dolore e al senso di colpa come se fossero gli ultimi fili che mi legano a lei, temendo che allentare quella presa significhi in qualche modo tradire la sua memoria. Con il tempo ho lentamente compreso che la vera libertà non sta nel recidere questi legami di sofferenza, ma nel trovare un equilibrio in cui il dolore non sia più una catena che mi trascina verso il fondo.

Non si tratta di dimenticare o di lasciare andare, ma di trasformare questo peso in qualcosa che posso portare senza esserne schiacciata. Il tempo scorre accanto al dolore.

Perché sono arrivata a fare questo ragionamento? Perché, dopo la morte di Giulia, sento, anche se provo a modificare questo pensiero, che non è «giusto» vivere liberamente o essere completamente felice. Il senso di colpa si insinua quando penso che io sono andata avanti con la mia vita mentre lei non ha potuto farlo (non solo io, tutti noi); l'accettazione di me non riguarda solo chi sono oggi, riguarda anche chi sono diventata, rendendomi emotivamente dipendente dalla mia storia.

Un professore, venuto a conoscenza della morte di mia sorella, una volta mi ha detto: «Imparerai a portare avanti la tua vita con amore, senza che il passato ti imprigioni».

Mi aggrappo alle parole di quel professore ogni mattina, mentre cerco di dare un senso a questa nuova normalità che mi sono trovata a vivere. Il dolore è come un'ombra persistente che mi accompagna in ogni momento: non posso scrollarmela di dosso, non posso fingere che non esista. È lì, costante e immutabile, come una seconda pelle che ho imparato a indossare, ma c'è un'amara ironia in tutto questo: quell'ombra scura porta con sé il ricordo della persona più dolce che abbia mai conosciuto.

Mi sforzo quotidianamente di conservare nella memoria la Giulia piena di vita, il suo sorriso elegante, la sua presenza che illuminava ogni stanza. Lotto contro l'ultima immagine che ho di lei, rifiutando di lasciare che quel momento finale offuschi tutti i fulgidi ricordi che abbiamo condiviso. Sono fiduciosa che negli anni l'ombra di Giulia muterà gradualmente la sua natura: da peso cupo diventerà presenza gentile, da vuoto doloroso si trasformerà in pienezza di memorie. La troverò nelle piccole cose di ogni giorno, in un sorriso che mi ricorda il suo, in una frase che avrebbe detto, in un gesto che era così tipicamente suo. Come una fotografia che lentamente emerge dal buio della camera oscura, il suo ricordo prenderà vita in modi inaspettati e spontanei, sorprendendomi nei momenti più ordinari e non sarà più il fantasma dell'assenza a seguirmi, ma la dolcezza di una presenza discreta che cammina accanto a me, silenziosa ma costante, come una stella che brilla anche quando non la guardiamo.

Un giorno, forse, comprenderò che non c'è bisogno di questa battaglia per separarmi da lei. La serenità non sta nel tentativo di recidere il legame, ma nell'abbracciare la sua presenza eterna dentro di me. In questa consapevolezza scoprirò un nuovo significato di libertà: non nell'allontanarmi da lei, ma nell'accogliere la sua presenza come parte integrante del mio essere. Il suo ricordo non sarà più una catena che mi impedisce di procedere, ma un dono prezioso che mi accompagna mentre continuo a vivere pienamente, ad aprire il cuore all'amore, a lasciare che la gioia torni a sbocciare nel mio quotidiano.

Il filo invisibile

Giulia non c'è più. È una verità che, nonostante il tempo trascorso, ancora ferisce come il primo giorno. Ci sono momenti in cui l'assenza diventa così palpabile da togliere il respiro, come un peso concreto sul petto, eppure, in questo vuoto apparentemente incolmabile, ho iniziato a scorgere qualcosa che sfugge alla logica, ma parla direttamente al cuore: dei segni. Non sono una persona religiosa, non lo sono mai stata, ma ci sono coincidenze che sembrano tessere un filo invisibile tra il nostro mondo e quello in cui Giulia ora abita, coincidenze troppo precise per essere casuali.

La prima volta è successo quando è nata mia nipote. Abbiamo scelto di chiamarla Giulia, un modo per mantenere vivo quel nome che tanto amiamo, per sentire che qualcosa di lei continua. Mia nipote Giulia è venuta al mondo il 2 ottobre, il «giorno degli angeli» secondo il calendario liturgico, quando si celebrano gli Angeli Custodi. È anche la Festa dei Nonni, come se il cielo volesse ricordarci che i legami famigliari trascendono il tempo e lo spazio. Una data simbolica, un primo segno. Ma il vero brivido l'ho avvertito quando ho scoperto un'altra coincidenza: nella stessa camera d'ospedale, lo stesso giorno, un'altra donna ha dato alla luce un bambino. Lo ha chiamato Thiago. Giulia e Thiago, nati nello stesso luogo, nello stesso momento.

La nascita di mia nipote Giulia, in quel giorno speciale, in quella stanza condivisa con Thiago, è diventata per me un simbolo potente: il simbolo di una continuità che trascende la separazione fisica, di una presenza che si manifesta attraverso segni sottili ma potenti, per chi sa coglierli.

La ragione tenta di spiegare, di catalogare, di ridurre a casualità. Esistono altre manifestazioni, più sottili, più intime, che non passano attraverso il filtro della logica: le senti e basta, come in quell'episodio che mio padre mi ha raccontato, un momento che conservo come la prova di questa presenza invisibile. Era il periodo in cui Giulia ha ricevuto l'Ambrogino d'Oro, la massima onorificenza della città di Milano. Un riconoscimento che ha toccato profondamente tutti noi, un modo per la città di onorare la sua memoria. Il Comune di Senago aveva invitato i miei genitori a vedere quanti peluche erano stati spediti per la nostra famiglia: c'era una stanza intera, colma di questi doni silenziosi, testimonianze di affetto da parte di persone che non avevamo mai incontrato, ma che erano state toccate dalla storia di Giulia. Per raggiungere questa stanza bisognava scendere delle scale, entrare in una sorta di sottoscala. I miei genitori hanno fatto questo percorso più volte, portando su e giù i peluche. Io non ero presente, sarei arrivata solo il giorno della cerimonia dell'Ambrogino, mentre loro erano lì già dal giorno prima.

Ed è stato nell'ultimo viaggio, mentre mio padre stava portando su l'ultimo peluche, che è successo qualcosa di inspiegabile: ha visto volare un braccialetto. Nel buio di quel sottoscala, in un momento di fatica e commozione, quell'oggetto è apparso dal nulla, fluttuando nell'aria davanti ai suoi occhi. Il primo pensiero di mio padre è stato che appartenesse a qualcuno presente. «Rita, guarda che hai perso il braccialetto» ha detto a mia cugina, che era lì accanto. Ma Rita ha risposto sorpresa: «Io non ho nessun braccialetto». Mio zio Enzo, che era dietro mio padre, sembrava la spiegazione logica successiva. «Vabbè, forse sarà di Enzo» ha pensato mio padre. Ma anche lui ha negato: «No, io non ho nessun braccialetto». L'oggetto non apparteneva a nessuno dei presenti. Mio padre lo ha raccolto e ciò che ha visto lo ha lasciato senza parole. Era un braccialetto della Madonna di Međugorje. Quando mio padre mi ha raccontato questa storia, ha sottolineato un dettaglio che rende tutto ancora più straordinario: «Io ho fatto quelle scale almeno due-tre volte, eravamo dieci persone, non c'era nessun braccialetto. E poi, quando stavamo andando via, questo è volato davanti ai miei occhi».

Ora, quell'oggetto è diventato un tesoro prezioso per mio padre. Non se ne separa mai: lo porta al collo come una catenina, un talismano che lo connette a Giulia. È più di un semplice ornamento; è diventato un ponte tra due mondi, un ricordo tangibile di quella presenza che continua a manifestarsi nelle nostre vite in modi inaspettati ma significativi.

Quando mio padre me l'ha raccontato, non ho avuto bisogno di spiegazioni. Per lui, che non ha bisogno di interpretazioni razionali, che sente ancora la presenza di sua figlia, il significato era chiaro. Per me è qualcosa di inspiegabile, pauroso al tempo stesso, ma che non ha una spiegazione, e per adesso va bene così. Mentre continuo a vivere con l'assenza di Giulia, ho imparato a riconoscere anche la sua presenza: nei segni, nelle coincidenze, nei momenti in cui sento che, in qualche modo misterioso, Giulia è ancora parte del tessuto delle nostre vite, invisibile agli occhi ma non al cuore.

10
Lettera a Giulia, eredità d'amore

Sono diventata zia, ma porto dentro di me il peso di una distanza che va oltre i chilometri. Provo tristezza nel non vedere mia nipote costantemente e questa lontananza paradossalmente risveglia un profondo senso di rimorso per non aver condiviso i momenti cruciali della vita di mia sorella, gli stessi che l'hanno poi condotta alla fine del suo cammino. Almeno una volta ogni due mesi cerco di tornare a casa, sperando che questi brevi incontri possano mantenere vivo in mia nipote il ricordo di chi sono.

Il suo arrivo in casa è stato come l'alba dopo una lunga notte: ha portato una luce guaritrice che, delicatamente, ha iniziato a lenire le ferite che ci portiamo dentro.

Osservandola tra le braccia dei nonni, comprendo che esiste un'unica forza capace di sfidare il potere della morte e di alleviare il dolore che lascia dietro di sé: è l'amore, e quello che sboccia per una nipote ha una potenza che trascende ogni confine, persino quello tra la vita e il suo termine. Oggi che il nome della loro figlia affiora sulle loro labbra, non porta più con sé solo l'eco di un'assenza straziante. Nel modo in cui sussurrano «Giulia» mentre tengono tra le braccia la loro nipotina – che porta lo stesso prezioso nome – scorgo un ponte invisibile tra due mondi: quello dei ricordi e quello del presente. In quei momenti, attraverso le carezze e i sussurri alla piccola, cercano di mantenere vivo un filo sottile che li lega ancora alla figlia che hanno perduto, come se ogni gesto d'amore per la nipote fosse anche un messaggio d'amore che attraversa il tempo.

C'è un istante di pace quando il suo nome vibra nell'aria: un breve momento in cui il cuore trova riposo, nonostante la perdita di mia sorella sia un vuoto incolmabile.

Queste ultime parole, che chiudono le pagine di questo libro, sono un messaggio d'amore per lei, per la piccola Giulia. In lei vedo rifiorire la speranza: ogni suo sguardo, ogni suo sorriso ci ricorda che, anche nel cuore del dolore più profondo, la vita continua il suo corso. È lei la nostra ancora al domani, la prova tangibile che, nonostante le ferite che portiamo nell'anima, il futuro non solo esiste, ma può ancora splendere di una luce nuova.

Cara Giulia,
sei nata con un nome che per me è un battito nel cuore, un soffio di vento carico di ricordi, una luce che non si spegne. Ti chiami Giulia, come tua zia, la sorella che mi hanno strappato. Ogni volta che pronuncio

il tuo nome, sento la sua presenza, il suo sorriso che si affaccia nei tuoi occhi, la sua dolcezza che vive nei tuoi gesti.
Quando ero piccola, avevo quattro o cinque anni, ricordo che chiedevo spesso ai miei genitori perché mi chiamassi Chiara e perché i miei fratelli si chiamassero Giulia e Mario. Cercavo un'appartenenza, una radice a cui aggrapparmi, ma il mio nome era stato scelto semplicemente perché piaceva ai miei genitori, mentre tuo padre e tua zia portano i nomi dei nostri nonni. Tu, invece, porti un nome che è diventato il simbolo di una storia intensa, fatta di amore e dolore, di assenza che si è trasformata in presenza.
Con questo libro voglio dirti di più: tua zia Giulia era una donna di una sensibilità rara, capace di ascoltare con il cuore e di amare con tutta se stessa. Aveva una forza silenziosa, che si manifestava nel rispetto per gli altri, nella sua infinita capacità di comprendere, ma la sua vita è stata spezzata da chi diceva di amarla. E questa è la ferita che portiamo dentro, la domanda senza risposta che ci accompagna ogni giorno. Vorrei raccontarti di lei senza che il dolore oscuri la sua luce. Nei tuoi occhi ritrovo la sua dolcezza, nei tuoi gesti rivedo la sua delicatezza. Quando ci guardiamo in silenzio, mi piace immaginare che non siamo sole, che tua zia sia accanto a noi. E forse, in quei sorrisi improvvisi che fai mentre ti canto una ninna nanna, tu riesci a vedere qualcosa che a me sfugge. Forse la sua presenza, il suo abbraccio invisibile.
Questo libro è per te. Se un giorno mi chiederai chi fosse la zia di cui tutti parlano, e di cui conservi il nome, vorrei che attraverso queste pagine tu potessi conoscerla davvero, non solo come vittima di un destino ingiu-

sto, ma come la donna meravigliosa che era. Quando crescerai, scoprirai che il tuo nome è legato a una storia che ha scosso l'Italia intera. Una donna di ventinove anni, uccisa mentre portava in grembo suo figlio, Thiago, tuo cugino. Potresti sentirti smarrita, come se questa storia ti appartenesse senza volerlo, ma voglio che tu sappia che non è solo la sua storia. È anche la nostra. È una storia che appartiene a chiunque abbia amato tua zia, a chiunque abbia pianto la sua assenza, a chiunque si sia battuto affinché il suo nome fosse ricordato non solo per la tragedia, ma per la persona straordinaria che era. Tuttavia, questa storia non deve pesarti come un fardello. Il tuo destino è tuo e solo tuo, e il tuo nome non è una condanna, ma un legame d'amore che porterai con orgoglio e libertà. Io sono il ponte tra te e lei, e per questo ti dedico questo libro.

Quando sarai grande, potrai ripercorrere le cicatrici della nostra vita tra queste pagine, capire perché c'è sempre una sedia vuota a tavola durante le feste, perché certe luci non si accendono più. Conoscerai il dolore, ma anche la forza dell'amore e della giustizia. Scoprirai che tua zia, anche nella tragedia, ha cambiato qualcosa in questo mondo. Ha dato voce a chi non ne aveva, ha fatto nascere il coraggio in chi viveva nel silenzio della paura. Scrivere questo libro è stato per me un viaggio tra i miei demoni, i miei rimorsi, le mie domande senza risposta. Per tutta la vita mi chiederò se avrei potuto fare qualcosa di più per cambiare il suo destino. Ma mentre ti guardo crescere, mentre i tuoi occhi blu illuminano il mio cuore ferito, capisco che la vita è andata come doveva andare. E che il futuro è nelle tue mani. Kurt Vonnegut diceva: «Quando siete felici, fateci caso». Dopo la morte di tua zia, ogni

felicità nella mia vita è sempre stata a metà. Quando sei nata, invece, qualcosa è cambiato. Ho provato una gioia piena, anche se segnata dalla nostalgia. Avrei voluto che tu avessi un nome diverso, che il tuo destino fosse più leggero. Ma tu hai saputo riportare equilibrio, hai fatto pendere la bilancia della mia vita verso la luce. E in quel momento ho capito che la felicità, anche imperfetta, è ancora possibile.
Con la tua nascita, tuttavia, insieme alla gioia, ho scoperto anche la paura. La paura di perderti, di non essere in grado di proteggerti da un mondo che può essere crudele. Per tanto tempo ho vissuto con il terrore di perdere chi amo, perché ho già provato il dolore insopportabile dell'assenza. Ma guardarti crescere mi ha insegnato che l'amore non può essere trattenuto dalla paura. Ho capito che per amarti davvero devo imparare a non temere il domani, a non lasciare che il timore mi impedisca di godere di ogni tuo sorriso, di ogni tua piccola scoperta.
Questo l'ho imparato silenziosamente osservando tuo padre. Con la tua nascita, Mario ha trovato una nuova luce. È stato un uomo coraggioso, capace di rispondere alla morte con la vita. «Dai diamanti non nasce niente, dal letame nascono i fior.» Dall'amore dei tuoi genitori, segnato dalle difficoltà della vita di entrambi, sei nata tu. E con te abbiamo imparato di nuovo a vivere senza paura di perdere. Perché amare significa anche saper lasciar andare la paura.
Giulia, cresci con la consapevolezza di essere parte di qualcosa di grande. Sei circondata da persone che hanno trasformato il dolore in amore, che hanno imparato a convivere con l'assenza di tua zia grazie alla tua presenza.

Non saprò mai rispondere alla domanda «Perché?», ma so che il suo amore vive in te. Lei, con il suo grembo spezzato, ha smosso i cuori di tante persone. Ha dato speranza a donne che hanno trovato il coraggio di spezzare catene, di scegliere se stesse.
Cara Giulia, io, tu e tutte le donne, dobbiamo imparare questo: soffermarci due volte su ciò che ci rende felici, e solo una volta su ciò che rende felici gli altri. Avrei voluto dirlo anche a tua zia, ma la vita non me ne ha dato il tempo. Ora posso dirlo a te. Con te posso colmare quel vuoto, amarti senza rimandi, senza freni.
Per questo, cara Giulia, voglio dirti: vivi con coraggio, con amore, con quella luce che porta il nome di tua zia e che ora brilla in te. Io sarò sempre a due passi da te, pronta a sorreggerti, ma mai a prevaricarti. E, in fondo, una parte irrazionale del mio cuore sa che non siamo solo in due. Giulia e Thiago sono già accanto a te, a illuminarti la strada dell'amore.

Zia Chiara

Ringraziamenti

Questo libro ha raccontato una storia vera attraverso frammenti di vita quotidiana. Parla di un dolore che ha attraversato territori diversi, perfino confini nazionali, ma parla anche dell'amore che ha avvolto i suoi protagonisti.

Molte persone che hanno fatto parte della mia vita negli ultimi anni potrebbero non ritrovarsi in questo racconto. Voglio però che sappiate che, al contrario, avete avuto un ruolo fondamentale in tutto questo. Se sono riuscita, con lucidità, a portare a termine questo progetto, è perché sono stata circondata da persone che hanno camminato accanto a me nel viaggio più doloroso della mia esistenza. Avete attraversato con me i conflitti interiori, i sensi di colpa, le debolezze e i fantasmi che mi hanno accompagnata. Ringraziarvi singolarmente sarebbe impossibile e rischierei di dimenticare qualcuno. Spero però che queste parole riescano a trasmettervi la mia più profonda gratitudine.

Grazie a chi mi è stato accanto negli anni più bui della mia vita, a chi ha saputo amarmi anche quando il mio dolore mi rendeva distante e aspra, a chi non mi ha mai lasciata indietro. Grazie a chi ha avuto la pazienza di aspettarmi, di spronarmi quando serviva, ma anche di ricordarmi quando era necessario fermarmi e riprendere fiato. Grazie a chi mi ha lasciata andare quando ho avuto bisogno di spazio per ritrovarmi.

Il mio più sincero ringraziamento va alla mia famiglia, che in questa parola racchiude zii e cugini – compagni di avventure e di vita. Ci avete accompagnati in ogni istante, ci avete preso per mano, alleggerendo quando possibile il peso del dolore. Anche grazie a voi non siamo precipitati nell'abisso della disperazione dopo aver perso Giulia. Avete saputo mettere da parte il vostro stesso vuoto per provare, senza mai arrendervi, a colmare il nostro. Per questo vi dico grazie: per le ricorrenze in cui ci spronate a non essere soli, per le giornate più buie in cui la vostra compagnia prova ad accendere una luce, per l'aiuto quotidiano in questa tempesta. Nella più grande sfortuna della mia vita, ho riconosciuto la fortuna di avervi accanto, grazie all'amore smisurato che ci avete donato.

Ai miei amici, a quelli che mi hanno vista crescere insieme a Giulia e a quelli incontrati nel mondo degli adulti: grazie per il silenzioso supporto in questi anni. Mi avete vista crollare, cambiare, distruggere tutto ciò che conoscevo per poi cercare di ricostruirmi altrove, in un'altra città, nel tentativo di ritrovare la mia strada e la mia libertà. Non mi avete mai lasciata. È anche grazie a voi che la vita ha continuato a scorrere e che ho scoperto che il tempo non cancella il dolore, ma può imparare a scorrere accanto a esso.

Ai miei amici di Genova: voi conservate il ricordo

della Chiara di un tempo, ma siete stati i primi ad accogliere la nuova Chiara quando, nel giugno 2023, sono tornata. Siete stati per me fratelli, amici, famiglia, confidenti. Non mi avete mai guardata con la pietà riservata a chi ha subìto una tragedia, ma con la normalità di chi riconosce la forza oltre il dolore. Mi avete dato un'illusione di quotidianità nei giorni più difficili e, grazie a voi, ho trovato il coraggio di partire di nuovo, di cercare me stessa lontano dall'Italia. Sono grata che facciate ancora parte della mia vita, testimoni di un legame che va oltre il tempo e lo spazio, e che mi lega per sempre alla meravigliosa terra che è la Liguria.

Grazie a chi oggi riesce ad amare un'anima segnata, fragile, spesso sopraffatta dal dolore, e lo fa senza giudicare le mie paure. Grazie a chi mi accompagna in questa nuova vita senza Giulia, rispettando i miei silenzi e i miei tempi.

A mio fratello Mario: sapere di averti al mio fianco è una luce nei momenti più bui. Come una lanterna, hai illuminato il mio dolore e, attraverso la piccola Giulia, mi hai restituito la gioia della vita. Fremo al desiderio di condividere i suoi progressi con te e di accompagnarvi in questo cammino insieme.

Ai miei genitori: grazie per non esservi arresi, per provare ogni giorno a vivere, nonostante tutto.

Un ringraziamento speciale va ai curatori di questo libro, Gabriele Parpiglia e Clarissa Bellinello, che con dedizione, pazienza e sensibilità hanno saputo accompagnarmi in questo percorso. Grazie per aver ascoltato la mia voce con rispetto, per aver dato struttura ai miei pensieri senza mai snaturarli e per avermi aiutata a trovare le parole quando sembravano sfuggirmi.

Grazie a tutta la Cairo Libri: il vostro supporto è stato fondamentale nel trasformare il dolore in racconto e nel dare a questa storia la profondità e la cura che meritava. Senza di voi, tutto questo non avrebbe trovato la giusta forma.

Finito di stampare nel mese di aprile 2025
per conto di RCS MediaGroup S.p.A.,
da Rotolito S.p.A., Via Sondrio, 3, Pioltello (Milano)
Printed in Italy